Inte

Tàigael: Stories from Taiwanese & Gaelic

"I am grateful for the publication of this book. A mother tongue is the root of culture, and a culture that loses its mother tongue is like a plant without roots. This book will greatly inspire the promotion of language equality and literary translation."

—Li Yuan 李遠 (Taiwan), screenwriter and Taiwan Minister for Culture

"In this imaginative and profoundly original book, two seemingly distant worlds—Scottish Gaelic and Taiwanese communities—are brought into resonant dialogue through their suppressed languages, enduring myths, and local beliefs. Both Scotland and Taiwan, small democracies with rich and complex histories, emerge here as sites of cultural resilience and deep-rooted memory. Beautifully translated across four languages, these evocative and subtle stories show, as editors Hannah Stevens and Will Buckingham put it, what it means to seek out connections that might bind us more closely."

—Michelle Kuo 郭怡慧 (Taiwan), author of *Reading With Patrick*

"Four thoughtful and thought-provoking stories in conversation across languages and cultures—how exciting, and how necessary! This marvellous anthology, full of grace and wit, shows how writers and indeed whole literatures thrive when in contact with other voices."

—Garry MacKenzie (Scotland): author of *Scotland: a Literary Guide for Travellers* & *Ben Dorain: a conversation with a mountain*

"Here, the scattered voices of Taiwanese and Scottish Gaelic meet. Stories rooted in our mother tongues that glow like the sunlight of early spring—these are tales that, in their gentleness, quietly burn."

—Tân Lêkun 陳麗君 (Taiwan), professor of Taiwanese literature, National Cheng Kung University, Tainan

"Languages are the vehicles of culture; they carry the spirit of their origins from generation to generation. *Tāigael* is an innovative work created by writers from Taiwan and Scotland, presenting culture-based stories in four languages and five writing systems. It is an important vehicle that brings life to these beautiful cultures worth preserving. I am truly honoured to be one of the first readers of this impressive work!"
—Wen Ruoqiao 溫若喬 (Taiwan), translator and poet

"*Tāigael: Stories from Taiwanese & Gaelic* draws parallels between two marginalised territories, Scotland and Taiwan, showing how communication between minority-language writers is not only possible but desirable. Though two quite different national-linguistic contexts are celebrated and maintained here, a shared preoccupation with certain concerns—present-day feminism perhaps foremost among these—animates this unique quadrille of stories (and tellers) beyond their languages of transmission."
—Colin Bramwell (Scotland), poet and translator

"A new generation of writers from two countries writing in their mother tongues—Taiwanese and Gaelic—allowing languages that are less often read to engage in an unprecedented dialogue of literature and culture, with translation as a medium. This anthology adds diverse voices and colours to world literature, making its significance particularly profound."
—Xiang Yang 向陽 (Taiwan), poet

"Stories told well and without fear invite us in, so we can travel in the depths of their inspiration. In this innovative collection, East and West become travel partners, opening crucial doors between Taiwanese and Gaelic creativity. What a lovely partnership. How much they have to tell each other, late into the night; and how rich our sharing becomes!"
—Martin MacIntyre (Scotland), author, Bàrd and storyteller

WIND&BONES

TÂIGAEL

Stories from Taiwanese & Gaelic

EDITED BY HANNAH STEVENS & WILL BUCKINGHAM

Naomi Sím
Elissa Hunter-Dorans
Kiú-kiong
Lisa MacDonald

Tâigael
Stories from Taiwanese & Gaelic

Naomi Sím, Elissa Hunter-Dorans,
Kiú-kiong & Lisa MacDonald.
Edited by Hannah Stevens & Will Buckingham

Translations by Naomi Sím, Elissa Hunter-Dorans, Kiú-kiong,
Lisa MacDonald, Shengchi Hsu & Will Buckingham.

ISBN (paperback): 978-1-9993764-2-0
ISBN (ebook): 978-1-9993764-3-7

Published 2025 by Wind&Bones Books (Scotland).
Wind&Bones Books, 3/L 48 Cleghorn Street, Dundee. DD2 2NJ.

Typeset in POJ Garamond and Lan Yangming 蘭陽明.

A CIP catalogue record for this book is available from the British Library.

The publication of this book has been supported by a grant from the
Scottish Government's Scottish Connections Fund. Audio recordings were
supported by a grant from Creative Scotland.

www.windandbones.com

Dedicated to those who want to slip across borders between different languages, different worlds.

Cha mhisde sgeul math aithris dà uair
— A good story is worth telling twice

Gaelic Proverb

老人毋講古少年毋捌寶
Lāu-lâng m̄ kóng-kó, siàu-liân m̄-bat pó
— If old people don't talk about the past, young people
won't know what matters

Taiwanese Proverb

Contents

Introduction

Hannah Stevens
& Will Buckingham

There's a Gaelic proverb that says a good story is worth telling twice: *cha mhisde sgeul math aithris dà uair*. The stories in this collection are very good, and so they are told four times: once in Gaelic, once in English, once in Mandarin, and once (or twice, but we'll get to that) in Tâi-gí, or Taiwanese.

Tàigael: Stories from Taiwanese & Gaelic is a book for anybody who loves to slip across the boundaries and borderlines between languages, to see how, in the process, the landscapes of human thinking and feeling shift and change. We are both writers ourselves. Although originally from England, we have chosen to put down our roots in both Scotland and Taiwan. And, double-immigrants that we are, we have found ourselves fascinated by the diversity of languages in both countries, and the possibilities this diversity opens up for thinking and feeling differently: the Gaelic place-names unfamiliar on our tongues, the music of the Scots spoken by our neighbours in Dundee, the boisterous exclamations in Taiwanese we hear drifting up from the street in Tainan... And the more time we have spent reading about the history of language diversity in both places, the more we have realised that, for all their differences, Taiwan and Scotland have undergone start-lingly similar histories of colonialism, language suppression, and revival. In Taiwan, Tâi-gí was actively suppressed—along with many of Taiwan's other languages, including indigenous Aus-tronesian languages and Hakka—first in favour of Japanese, and then in favour of Mandarin. Meanwhile in Scotland, both Scots and Gaelic were suppressed in favour of English. But if Tâi-gí and Gaelic share similar histories of suppression, they also have paral-lel experiences of revival. Both in Scotland and in Taiwan, the last few decades have seen a growth of new projects and initiatives to support languages that are under threat. And this is to the benefit of us all. Language diversity, we believe, is good for everyone. It expands the possibilities for how we think, speak, imagine and even dream. It brings a greater richness to our shared human cul-ture.

We are neither native Gaelic nor native Taiwanese speakers, al-though we have been making some inroads into both languages. But living in Scotland and Taiwan has brought home to us how language diversity makes us more creative, more open to possibil-ity, more spirited and alive. And as language learners, we have be-come more used to trying, and failing, and sometimes also suc-ceeding in different languages—along the way finding paths to new connections and new friendships. This is how the idea for this book took shape. What, we wondered, if we took one of these languages from each of our homes—Tâi-gí and Gaelic—and ex-plored these parallel histories and parallel experiences? But to do this, we needed help. So we got together a team of writers, to not only write new stories in Taiwanese and Gaelic, but to translate these stories between languages and cultures. We were interested to see what happened when the cultures and histories of Scotland learned to speak Taiwanese, and when the cultures and histories of Taiwan learned to speak Gaelic. What new possibilities would be opened up?

Our writers in Taiwan were Naomi Sím and Kiú-kiong. Meanwhile in Scotland, we worked with Elissa Hunter-Dorans and Lisa MacDonald. We got together online, to share experiences and ideas, and then the writers went away to write new works of fiction. The brief was simple: write a story in Gaelic, or in Tâi-gí, that reflects the language, history and culture to which you are an heir. This stage of the project was relatively straightforward. But from this point on, as we moved across and between languages, things got more complicated. We worked collaboratively with our writers, and with translator Shengchi Hsu, to translate the stories from Taiwanese to Mandarin and English, and from there to Gaelic, and—in the reverse direction—from Gaelic to English, and from there to Mandarin and Taiwanese. None of us spoke *all* these languages well, which meant that in the editorial process, we had to cross back and forth between languages and cultures, in the process reimagining both Scotland and Taiwan.

At some points, this blizzard of multiple tales—in multiple languages and multiple drafts—made our heads spin. But it was also fun. How to talk in Taiwanese about the specific *feel* of a patch of damp Scottish brambles, or a Hogmanay party? What happens when a Taiwanese goddess of saliva, or an old lady uttering prophecies on the streets of Taipei, learns to speak Gaelic? There was something exciting about working in community with other writers and translators, to see how it might be possible to ferry stories, poetry, thoughts, dreams and ideas from one place to another.

Along the way, we have become increasingly convinced that translation is fundamental to what it is to be human. It is nothing less than the process of weaving and reweaving a shared world, across all our differences. In moving from your world to mine, from our world to the world of another, we discover many things. But, more than this, we strengthen the threads that join us.

One thing that was striking, as we worked on the translations in this book, was how the stories clustered around a shared set of themes, which echoed each other in uncanny ways. In the following tales, myth, dream, history, religion, tradition, mundanity, and wonder all collide and co-exist. Questions about language are there as well, sometimes in the foreground, and sometimes in the background. How does language connect us to a community or to a past? What makes speech prophetic? Does naming things conjure them into being, invite them into our world? Another recurrent theme, in this book of mother tongue stories, is gender: these are stories by women writers, and their protagonists are all women. Meanwhile, in the background of all these stories is violence: either the threat of violence, or its possibility, or the memory of violence. There is the recurrent question of tradition as well, how a community puts its roots down into the past, and how it is bound by a shared need for ritual as it tries to build a shared future. There's a Taiwanese saying that we like—*lāu-lâng m̄ kóng-kó͘, siàu-liân m̄-bat pó*—which translates more or less as, "If old people don't talk about the past, young people won't know what matters." Grandmothers appear in this book more than once, and other ancestors too. In honour of the ancestors, we have included this proverb as an epigraph. Finally, in all of the stories, there is the question of what it means to seek out connections that might bind us more closely, offering us some protection, some possibility of joy or ease, a path to a new, shared future.

The texts in Gaelic are presented according to standard orthography. For texts in Taiwanese, we have taken into account the complex history of written Taiwanese. We have chosen to present the Taiwanese texts in two forms: in written characters (漢字, or *hàn-jī*), and in romanised form. There are still active debates around the best way to represent Taiwanese when using characters or *hàn-jī*, and different writers make different choices. Meanwhile, when writing in romanisation, there are two different systems in current use. We have chosen to present these texts in POJ or *péh-ōe-jī,* as this is the system with the longest literary heritage. Regardless of the system used, the Taiwanese language is also subject to a variety of regional pronunciations and spellings. In all cases, we have gone with the preferences of our writers and translators, even where these may differ from the spellings found in dictionaries. We have also commissioned audio versions of the stories, read by the authors and translators. These are available on the accompanying website by scanning the QR code below.

We have talked about slipping across borders. And it seems to us that, if languages are countries, they are countries with open borders. They are places where people come and go, where they settle down for a long or short time, where people come to live, and often to thrive. And if there is a pleasure to finding oneself in a place that is familiar, there is a pleasure to unfamiliarity as well. So we hope that this book encourages readers to move across these borders, to taste different ways of being and living, speaking and thinking, to see the world differently, and to find new ways of telling their own stories. Because a good story, as we have said, is worth telling (at least) twice.

taigael.com/stories

TÂIGAEL: STORIES FROM TAIWANESE & GAELIC

Stories

Naomi Sím
Elissa Hunter-Dorans
Kiú-kiong
Lisa MacDonald

TÂIGAEL: STORIES FROM TAIWANESE & GAELIC

Naomi Sím

Taiwan

Tâigael: Stories from Taiwanese & Gaelic

翠蘭ê情批

Naomi Sím

　　初提著頭一个台文文學獎ê歆熱，我轉來庄跤有兩項代誌，第一，欲唸予阿媽聽，伊煞笑我這馬講話阿啄仔腔聽袂落。第二，拄仔好趕會赴阿兄對台北轉來共in囝收瀾，我順紲會當做新小說ê題材。

　　「收涎收乾乾，永遠爸媽小心肝。」

　　我聽in收瀾歌無一句是台語，淡薄仔礙虐。阿兄佮阿嫂抱嬰仔分拜過ê收瀾餅予逐家食平安，食了彼暝我就做著一个怪夢，夢見我佇溪邊看著一塊石頭寫「飲水思源」隨感覺喙焦想欲啉水，頭向落去將手板曲曲，khat水來到面頭前，喙擘開，鼻甕予鹹酸苦洘ê溪水驚甲袂喘氣，choân清醒起來。

　　早起洗喙，發現喙唇後壁生一粒歹物仔，袂疼，但是不管時就會去舐一下，食飯時舐，食飯飽舐；佮外國ê同學用英語視訊會舐，佮高中老同學話仙嘛舐，舐了一禮拜，彼粒仔愈生愈大粒，雖然是袂疼，但是心內誠醒醟，choân從去市內ê病院，醫生耐心解說講我這粒號做「唾液瘤」，內底是喙瀾，對人體無害，就當做是生一粒痣，但是嘛捌有人因為體質變化家己消去ê。

「那體質要變化成什麼樣子才會消？怎麼變化？」

「目前沒有醫學解釋，這種無用物沒有投資研究的價值。」醫生肩頭giâ一下。我感覺瘤敢若閣變大矣，實在足煩ê！

我想欲共切掉，醫生講會使，是簡單ê小手術，若齒科洗喙齒按呢，就共我安排一禮拜後開刀。

佇庄跤歇熱其實嘛無啥通做，干焦陪阿媽看電視揣寫作靈感。我發現阿媽癮看新開ê公視臺語台閣不止仔好看。

阮早起看chăng暝ê重播配早頓，中晝食飯看新聞，下晡會去睏晝，暗時閬看尪仔戲，八點看八點檔，做kah十點，但是阿媽九點就會先去睏，明仔早起才看後半部。感謝臺語台予我臺語加真輾轉，阿媽總算願意聽我讀我ê小說矣。但是彼是一篇科幻小說，阿媽毋捌啥物宇宙戰艦，干焦講gâu gâu gâu，讚讚讚！

開刀前一暝，我趁廣告ê時共阿媽講我欲去開刀。阿媽驚一个對膨椅跳起來險險閃著腰，我緊掀喙空內底ê歹物仔予阿媽看，叫伊毋免掛心。阿媽掛目鏡斟酌看：無啊？我笑阿媽你老人目當然看無。

我用喙舌去舐彼个予我齷齪半個月ê粒仔。奇怪，伊哪會變甲遮細粒？！莫怪阿媽看袂著。

阿媽煩惱我，我用台語解說「唾液瘤」是啥。伊聽了煞叫我毋免開刀：「明仔載行你來翠蘭媽遐拜拜！」

早頓食飽，阿媽攢一寡果子佮餅，共八點檔重播抨咧就坐我機車做伙去揣翠蘭媽。

廟佇溪水邊，我順水騎，四箍輾轉青leng-leng ê田洋有點一筆硃砂，你若像風想欲斟酌看，撥開草湧，開路向紅點飛去，會看著翠蘭媽ê廟。

阮到位，有兩个序大人佇樹仔跤行棋，看阮欲入廟講：「敢是來拜拜？翠蘭媽無去矣，這馬恐驚無底求

oh！」

「啥？」

「你入去看，規个神尊攏無去矣。」

「當時無去ê？」

「半個月loh！」

「哪會攏無聽人講？誰遮夭壽？連神明嘛偷！」阿媽氣怫怫。

行棋ê其中一位是廟公，伊講無定著是翠蘭媽家己離開ê，以早偌靈聖咧，做爸母ê攏會買收瀾餅來拜翠蘭媽，外地人專工駛車來拜，拜了予嬰仔食，半周歲講話就kiak-kiak叫。只是這馬人囡仔生了少，無啥人來拜收瀾餅loh。

「嘿著！阮查某孫細漢時就是食翠蘭媽ê餅才gâu講話，媽祖婆有保庇，半周歲ê時陣chhōa去注射，護士針扙落，阮查某孫竟然喝講：『疼死人矣！』伊會講國語台語，這馬出國讀冊攏講英語lih！伊寫台文小說閣有提文學獎！」阿媽揣著機會就佮人展，人會共講台語無字，阿媽會佮in爭，這齣我看足濟擺矣，就入去廟lih，有影神壇空空，我驚共桌頂ê塗粉吵起來，攝跤攝手行對廟後去。

後壁有貼一間鐵厝，塗跤抳幾塊欲hu去ê塑膠枋，頂面是廟ê沿革佮老相片，看起來較早信眾真濟。枋仔介紹翠蘭媽是三百偌冬前予一个作穡人佇翠蘭溪底抾著ê，起廟祭拜，自此翠蘭庄年年豐收。翠蘭媽上靈聖ê是加持收瀾餅，毋但按呢，喙齒疼、喙空破抑是喙舌拍結攏會當來求翠蘭媽ê「靈水」轉去啉。

「靈水」就是廟後壁ê翠蘭溪水，我故事看甲神去，無細膩拐著邊仔ê石頭跤一个吭跤翹，喈「好痛！」。原來是鐵厝邊仔縛紅布ê石頭，頂懸寫「飲水思源」。

我驚一下喙開開，喙齒扙著彼粒瘤——伊哪會閣變大矣？！

阿媽佮其他人聽著我咧哎隨從來，我共我ê夢佮喙瀾瘤攏講予in聽，in感覺誠神奇。

「無定著這粒消去，神像就會倒轉來矣！」廟公按呢講：「翠蘭媽變做喙瀾瘤佇你喙空內啦！」我聽甲霧嗄嗄。翠蘭媽？喙瀾瘤？

啊！

「恁敢會曉收瀾歌？」我問。

「收瀾歌？收涎收灘灘，予你古錐好育飼？」

「收涎收焦焦，予你身體真勇健？」

「收涎收灘灘，予你大漢食百二？」

三个老人一人一句，我若聽若舐我ê喙瀾瘤，有影愈來愈細粒，果不其然，規粒總予收收去矣。

阮來到正殿，看著翠蘭媽規欉好好chhāi佇遐，阿媽馬上磕頭跪拜，廟公跤手真緊，隨提炮仔出來放。

尾仔阿媽坐機車佇我後壁共我問，哪會知愛用收瀾歌？我講，「翠蘭媽」正港ê名是「喙瀾媽」，我咧臆。

阿媽講：「著乎！我攏袂記得矣，國民政府共咱『喙瀾庄』改名做『翠蘭庄』，媽祖ê名嘛換掉矣。再閣來，講台語愛罰錢ê時代，信徒嘛愈來愈罕得用台語祈求神明矣。原來是神明聽無，法力袂靈，信徒減少，廟就敗去矣。」

阿媽閣講咱ê故鄉產米是因為有「喙瀾溪」。青翠ê遠山形若一个女人倒佇青色ê眠床睏晝，睏甲喙瀾流，喙瀾自山頂喙脣彼佗ê水沖流落來，晟養山跤ê田洋——咱攏是食喙瀾媽ê喙瀾大漢ê。

我若騎若聽，阿媽貼我ê肩頭：「啊你毋是會曉寫小說？！一定是媽祖愛你用台文寫落來流傳後代，你共這寫寫ê唸予阿媽聽，阿媽毋捌字……」

「但是伊捌真濟ê代誌～」我順喙唱一句《無字ê情批》。

「三八！」

Tâi-gí

Chhùi-Lân
ê Chêng-Phoe

Naomi Sím

Chhơ thê-tiȯh thâu chit-ê Tâi-bûn bûn-hȧk chióng ê hioh-loȧh,
góa tńg--lâi chng-kha ū nn̄g-hāng tāi-chì, tē-it, beh liām-hō͘ a-má
thiaⁿ, I soah chhiò góa chit-má kóng-ōe a-tok-á-khiuⁿ thiaⁿ-bē
loȧh. Tē-lī, tú-á-hó koáⁿ-ē-hù a-hiaⁿ tùi Tâi-pak tńg--lâi kā in-kiáⁿ
siu-nōa, góa sūn-sòa ē-tàng chò sin siáu-soat ê tê-châi.
   "Shōu xián shōu gān gān, yǒngyuǎn bà mā xiǎo xīngān."
   Góa thiaⁿ in siu-nōa-koa bô chit-kù sī Tâi-gí, tām-pȯh-á gāi-
giȯh. A-hiaⁿ kah a-só phō eⁿ-á pun pài kòe ê siu-nōa-piáⁿ hō͘ tȧk-ke
chiȧh pêng-an, chiȧh-liáu hit mê góa tō chò-tiȯh chit-ê koài bāng,
bāng-kìⁿ góa tī khe-piⁿ khòaⁿ-tiȯh chit-tè chiȯh-thâu siá, "Ím-súi
su-goân," sûi kám-kak chhùi-ta siūⁿ-beh lim-chúi, thâu àⁿ-lȯh-khì
chiòng chhiú-pán khiau-khiau, khat-chúi lâi-kàu bīn-thâu-chêng,
chhùi peh-khui, phīⁿ-àng hō͘ kiâm-sng-khó͘-chiáⁿ ê khe-chúi
chhȧk-kah bē-chhoán-khùi, choân chhheng-chhéⁿ khí-lâi.

Chái-khí sé-chhùi, hoat-hiān chhùi-tûn āu-piah seⁿ chit-liȧp pháiⁿ-
mih-á, bē-thiàⁿ, tān-sī put-koán-sî tō ē khì chhīⁿ chit-ē, chiȧh-pn̄g sî
chhīⁿ, chiȧh-pn̄g pá chhīⁿ; kah gōa-kok ê tông-ȯh iōng Eng-gí sī-sìn ê

chīⁿ, kah ko-tiong lāu-tông-ȯh ōe-sian mā chīⁿ, chīⁿ--liáu chit-lé-pài, he liȧp-á lú-seⁿ-lú tōa-liȧp, sui-jiân sī bē-thiàⁿ, tān-sī sim-lāi chiâⁿ ak-chak, choân chông-khì chhī-lāi ê pēⁿ-īⁿ, i-seng nāi-sim kái-soeh kóng góa chit-liȧp hō-chò, "Tuò yì liú," lāi-té sī chhùi-nōa, tùi jîn-thé bô-hāi, tō tòng-chò sī seⁿ chit-liȧp kì, tān-sī mā bat ū lâng in-ūi thé-chit piàn-hòa ka-tī siau--khì ê.

"Nà tǐzhì yào biànhuà chéng shénme yàngzi cái huì xiāo? Zěnme biànhuà?"

"Mùqián méiyǒu yīxué jiěshì, zhè zhǒng wúyòng wù méiyǒu tóuzī yánjiū de jiàzhí." I-seng keng-thâu giâ-chit-ē. Góa kám-kak liû kán-ná koh piàn-tōa ah, sit-chāi chiok hoân--ê.

Góa siūⁿ-beh kā chhiat-tiāu, i-seng kóng ē-sái-tit, sī kán-tan ê sió chhiú-sȯ̍t, nā khí-kho sé-chhùi-khí án-ne, tō kā góa an-pâi chit-lé-pài āu khui-to.

Tī chng-kha hioh-joȧh kî-sit mā bô-siáⁿ thang chò, kan-na pôe a-má khòaⁿ tiān-sī chhōe siá-chok lêng-kám. Góa hoat-hiān a-má giàn khòaⁿ sin-khui ê Kong-si Tâi-gí-tâi koh put-chí-á hó-khòaⁿ.

Gún chái-khí khòaⁿ chăng-mê ê têng-pò̍ phòe chá-tǹg, tiong-tàu chiȧh-pn̄g khòaⁿ sin-bûn, ē-po͘ ē khì khùn-tàu, àm-sî bóng-khòaⁿ ang-á-hì, peh-tiám khòaⁿ peh-tiám-tóng, chò kah chȧp-tiám, tān-sī a-má káu-tiám tō-ē seng khì-khùn, bêng-á chái-khí chiah khòaⁿ āu-poàⁿ-pō͘. Kám-siā Tâi-gí-tâi hō͘ góa Tâi-gí ke chin liàn-tńg, a-má chóng-sǹg goān-ì thiaⁿ góa thȧk góa ê siáu-soat ah. Tān-sī he sī chit-phiⁿ kho-hoàn siáu-soat, a-má m̄-bat siáⁿ-mih ú-tiū chiàn-lām, kan-na kóng gâu gâu gâu, chán chán chán.

Khui-to chêng-chit-mê, góa thàn kóng-kò sî kā a-má kóng góa beh khì khui-to. A-má kiaⁿ chit-ê tùi phòng-í thiàu khí-lâi hiám-hiám siám-tiȯh io, góa kín hian chhùi-khang lāi-té ê pháiⁿ-mih-á hō͘ a-má khòaⁿ, kiò i m̄-bián khòa-sim. A-má kòa-bȧk-kiàn chim-chiok khòaⁿ: bô--ah? Góa chhiò a-má lí lāu-lâng-bȧk tong-jiân khòaⁿ-bô.

Góa iōng chhùi-chih khì chīⁿ hit-ê hō͘ góa ak-chak poàⁿ kò

goéh ê liap-á. Kî-koài, i ná ē piàn-kah chia sè-liap?! Bôk-koài a-má khòaⁿ-bé-tiôh.

A-má hoân-ló góa, góa iōng Tâi-gí kái-soeh, "Tuò yì liú" sī siáⁿ-mih. I thiaⁿ-liáu soah kiò góa m̄-bián khui-to: "Bîn-á-chài kiāⁿ lí lâi Chhùi-Lân-Má hia pài-pài!"

Chá-tǹg chiáh-pá, a-má chhoân chit-kóa kóe-chí kah piáⁿ, kā peh-tiám-tòng têng-pò phiaⁿ--leh tiôh chē góa ki-chhia chò-hóe khì chhōe Chhùi-Lân-Má.

Biō tī khe-chúi piⁿ, góa sūn-chúi khiâ, sì-khơ-liàn-tńg chheⁿ-leng-leng ê chhân-iûⁿ ū tiám chit-pit chu-se, lí nā chhiūⁿ hong siūⁿ-beh chim-chiok-khòaⁿ, poah-khui chháu-éng, khui-lō˙ hiòng âng-tiám poe-khì, ē khòaⁿ-tiôh Chhùi-Lân-Má ê biō.

Gún kàu-ūi, ū nn̄g-ê sī-tōa-lâng tī chhiū-á-kha kiâⁿ-kî, khòaⁿ goán beh jip biō kóng: "Kám-sī lâi pài-pài? Chhùi-Lân-Má bô khì--ah, chit-má khióng-kiaⁿ bô-té kiû ơh!"

"Siáⁿ?"

"Lí jip-khì khòaⁿ, kui-ê sîn-chun lóng bô-khì--ah."

"Tang-sî bô--khì ê?"

"Poàⁿ-kò-goéh lơh!"

"Ná ē lóng bô thiaⁿ-lâng-kóng? Siáng chia iáu-siū tiôh? Liân sîn-bêng mā thau!" A-má khì-phut-phut.

Kiâⁿ-kî ê kî-tiong chit-ūi sī biō-kong, i kóng bô-tiāⁿ-tiôh sī Chhùi-Lân-Má ka-tī lī-khui--ê, í-chá góa lêng-siàⁿ leh, chò pē-bú--ê lóng ē bé siu-nōa-piáⁿ lâi pài Chhùi-Lân-Má, gōa-tē-lâng choan-kang sái-chhia lâi pài, pài liáu hơ˙ eⁿ-á chiáh, poàⁿ-chiu-hòe kóng-ōe tō kiák-kiák-kiò. Chí-sī chit-má lâng gín-á seⁿ--liáu chió, bô siáⁿ-lâng lâi pài siu-nōa-piáⁿ lơh.

"Heⁿh tiôh! Goán cha-bó˙-sun sè-hàn-sî tiôh-sī chiáh Chhùi-Lân-Má ê piáⁿ chiah gâu kóng-ōe, Má-chó˙-pô˙ ū pó-pì, poàⁿ-chiu-hòe chhōa khì chù-siā, hơ˙-su chiam tú--loeh, goán chău-sun kèng-jiân hoah kóng: 'Thiàⁿ-sí-lâng ah!' I ē-hiáu kóng Kok-gí Tâi-gí, chit-má chhut-kok thák-chheh lóng kóng Eng-gí lih! I siá Tâi-bûn siáu-soat koh ū thê bûn-hak chióng!" A-má chhōe tioh ki-hōe tō kah lâng tián, lâng ē kā kóng Tâi-gí bô-jī, a-má ē kah in chenⁿ, chit-chhut góa khòaⁿ chiok-chè-pái--ah, tō jip-khì biō-lih, ū-iáⁿ sîn-toâⁿ khang-khang, góa kiaⁿ kā toh-téng ê thô͘-hún chhá khí-lâi, liap-kha-liap-chhiú kiâⁿ tùi biō-āu khì.

Āu-piah ū tah chit-keng thih-chhù, thô͘-kha phiaⁿ kúi-tè beh hu--khì ê sok-ka-pang, téng-bīn sī biō ê iân-kek kah lāu-siòng-phìⁿ, khòaⁿ-khí-lâi khah-chá sìn-chiòng chin-chē. Pang-á kài-siāu Chhùi-Lân-Má sī saⁿ-pah-gōa-tang chêng hō͘ chit-ê choh-sit-lâng tī Chhùi-Lân khe-té khioh-tioh ê, khí-biō chè-pài, chū-chhú Chhùi-Lân-Chng nî-nî hong-siu. Chhùi-Lân-Má siōng lêng-siàⁿ ê sī ka-chhî siu-nōa-piáⁿ, m̄-niā án-ne, chhùi-khí-thiàⁿ, chhùi-khang-phòa iah-sī chhùi-chih phah-kat lóng ē-tàng lâi kiû Chhùi-Lân-Má ê "Lêng-Chúi" tńg--khì lim.

"Lêng-chúi," tioh-sī biō āu-piah ê Chhùi-Lân khe-chúi, góa kò͘-sū khòaⁿ kah sîn--khì, bô-sè-lī koái-tioh piⁿ-á ê chioh-thâu poah chit-ê khōng-kha-khiàu, kaiⁿ "Hǎo tòng!" Goân-lâi sī thih-chhù piⁿ-á pak âng-pò͘ ê chioh-thâu-kong, téng-koân siá, "Ím-súi su-goân."

Góa kiaⁿ-chit-ē chhùi khui--khui, chhùi-khí tú-tioh hit liap liû——I ná ē koh piàn tōa--ah?!

A-má kah kî-thaⁿ-lâng thiaⁿ-tioh góa leh aiⁿ sûi chông--lâi, góa kā góa ê bāng kah chhùi-nōa liû lóng kóng hō͘ in thiaⁿ, in kám-kak chiâⁿ sîn-kî.

"Bô-tiāⁿ-tioh chit-liap siau--khì, sîn-siōng tō-ē tò-tńg-lâi--ah!" Biō-kong án-ne kóng: "Chhùi-Lân-Má piàn-chò chhùi-nōa liû tī lí chhùi-khang lāi lah!" Góa thiaⁿ kah bū-sà-sà. Chhùi-Lân-Má? Chhùi-nōa liû?

Ah!

"Lín kám ē-hiáu siu-nōa-koa?" góa mn̄g.

"Siu-nōa-koa? Siu-siân siu-lī-lī, hō͘ lí kó͘-chui hó-io-chhī?"

"Siu-siân siu-ta-ta, hō͘ lí sin-thé chin ióng-kiāⁿ?"

"Siu-siân siu-lī-lī, hō͘ lí tōa-hàn chiah-pah-jī?"

Saⁿ-ê lāu-lâng chit-lâng chit-kù, góa ná-thiaⁿ-ná-chīⁿ góa ê chhùi-nōa liû, ū-iáⁿ lú-lâi-lú sè-liáp, chòe-āu kui liáp chóng hő siu-siu-khì--ah.

Goán lâi-kàu chiàⁿ-tiān, khòaⁿ-tióh Chhùi-Lân-Má kui-châng hó-hó chhāi tī hia, a-má má-siōng kháp-thâu kūi-pài, biō-kong kha-chhiú chin kín, sûi thê phàu-á chhut-lâi pàng.

Bóe-á a-má chē ki-chhia tī góa āu-piah kā góa mňg, ná-ē chai ài-iōng siu-nōa-koa? Góa kóng, "Chhùi-Lân-Má," chiàⁿ-káng ê miâ sī "Chhùi-Nōa-Má," góa leh ioh.

A-má kóng: "Tióh--hohⁿ! Góa lóng bē-kì-tit--ah, Kok-Bîn Chèng-Hú kā lán Chhùi-Nōa-Chng kái-miâ chò Chhùi-Lân-Chng, Má-chó ê miâ mā oāⁿ-tiāu--ah. Chài koh-lâi, kóng Tâi-gí ài hoat-chîⁿ ê sî-tāi, sìn-tô͘ mā lú-lâi-lú hán-tit-iōng Tâi-gí kî-kiû sîn-bêng--ah. Goân-lâi sī sîn-bêng thiaⁿ-bô, hoat-lék bē lêng, sìn-tô͘ kiám-chió, biō tō pāi-khì--ah."

A-má koh-kóng lán ê kò͘-hiong sán-bí sī in-ūi ū "Chhùi-Nōa Khe." Chheⁿ-chhùi ê hňg-soaⁿ hêng ná chit-ê lú-jîn tó tī chheⁿ-sek ê bîn-chhňg khùn-tàu, khùn kah chhùi-nōa-lâu, chhùi-nōa chū soaⁿ-téng chhùi-tûn hit-tah ê chúi-chhiâng lâu lóh-lâi, chhiâⁿ-ióng soaⁿ-kha ê chhân-iûⁿ——lán lóng-sī chiáh Chhùi-Nōa-Má ê chhùi-nōa tōa-hàn ê.

Góa ná-khiâ-ná-thiaⁿ, a-má tah góa--ê keng-thâu: "Ah lí m̄-sī ē-hiáu siá siáu-soat?! It-tēng sī Má-chó ài lí iōng Tâi-bûn siá lóh-lâi liû-thoân āu-tāi, lí kā che siá-siá--ê liām hő a-má thiaⁿ, a-má m̄ bat-lī ......"

"Tān-sī i bat chin-chē ê tāi-chì..." Góa sūn-chhùi chhiùⁿ chit-kù, *Bô-lī ê chêng-phoe.*

"Sam-pat!"

翠蘭的情書

Naomi Sím
Translated by Kiú-kiong

　　剛得到第一個台文文學獎的暑假，我回到鄉下老家有兩件事要做，第一，要把得獎的故事唸給阿媽聽，她卻聽不下去，笑我現在講台語有外國人腔。第二，我剛好趕上大哥一家從台北回來，為小孩辦收涎禮，順便能當做新的小說題材。

　　「收涎收乾乾，永遠爸媽小心肝。」

　　他們唱的收涎歌竟然一句臺語都沒有，讓我聽得有些不是滋味。大哥和大嫂抱著嬰兒，依次分發收涎餅給大家祈求平安。我吃下收涎餅後的晚上，做了一個奇怪的夢，夢見自己站在溪邊，看見一塊刻著「飲水思源」的石頭，忽然覺得口渴得不得了，便彎下身捧水，張開嘴正要喝，鼻孔卻先被五味雜陳的井水嗆到，嗆得難受使我驚醒過來。

　　早上起床刷牙時，我發現嘴唇後面長出了一個小腫塊，不會痛，但總忍不住想去舔。吃飯時舔，吃飽了也舔；和外國同學用英文視訊閒聊會舔，跟以前高中的同學聊天也舔。舔了一週，那顆腫塊越長越大，雖然不痛，但心裡總覺得煩躁不安。最後，我決定到市區的醫院檢查。醫生耐心地解釋説，這是一種叫「唾液瘤」的東西，囊腫裡面是唾液，對人體無害，可以當做長了一顆痣，但是也有人因為體質自己消去。

「那體質要變化成什麼樣子才會消？怎麼變化？」

「目前沒有醫學解釋，這種無用物沒有投資研究的價值。」醫生抬了抬肩膀。我感覺瘤似乎變大了，真的好煩喔！

我想要把瘤切掉，醫生説可以，這是個簡單的小手術，像牙科洗牙齒那麼簡單，於是幫我安排一週後開刀。

在鄉下放暑假的日子，沒什麼特別的事情可做，我陪阿媽看電視找靈感。我發現阿媽迷上了新開的公視臺語台，讚不絕口。

我們早起看昨晚的重播配早餐，中午吃飯看新聞，下午睡午覺，晚上看動畫，八點準時看八點檔，播放到晚上十點，但是阿媽九點就會先去睡，第二天早起再補看後半部。感謝臺語台讓我台語更流利，阿媽總算願意聽我朗讀了，但是我寫的小説是一篇科幻小説，阿媽不懂什麼宇宙戰艦，只會説強強強，讚讚讚！

手術前一晚，我趁廣告時告訴阿媽我要去開刀。阿媽一聽，嚇得從沙發上跳起來，差點閃到腰。我趕緊翻出嘴唇後的腫塊給他看，要他不要擔心。阿媽戴上老花眼鏡仔細看，他説：「無啊？」我笑説，阿媽，你老花眼當然看不清楚。

但更奇怪的是，當我用舌頭去舔，那顆困擾我半個月的小腫塊，竟然變成這麼小一粒？！難怪阿媽看不到。

阿媽依然擔心。我用台語解釋什麼是「唾液瘤」，但他聽完後堅持要我不用開刀，他説：「明仔載行你去翠蘭媽遐拜拜！」

我們吃完早餐，阿媽準備了些水果和餅乾，丟下八點檔重播，坐上機車出門去找翠蘭媽。

翠蘭媽的廟在溪邊。我順著溪水騎，沿途青翠的田野像是大海那樣遼闊，田間有一點硃砂。你把自己想像成風，撥開草叢，向紅點飛去，就會看到翠蘭媽的廟。

我們到了那。有兩位老人坐在樹下下棋，看見我們要進廟，卻跟我們說翠蘭媽不見了，他是用台語這樣說的：「敢是來拜拜？翠蘭媽無去矣，這馬恐驚無底求oh！」

「啥？」

「你入去看，規個神尊攏無去矣。」

「當時無去ê？」

「半個月loh！」

阿媽生氣地說：「哪會攏無聽人講？誰遮夭壽？連神明嘛偷！」

下棋的老人中，有一位是廟公，他說可能是翠蘭媽自己離開的。以前多靈驗啊，做爸媽的都會買收涎餅來拜翠蘭媽，外地人還專程開車來拜，拜好後給嬰兒吃，半歲講話就講得呱呱叫。只是現代人小孩生得少，沒什麼人來拜收涎餅囉。

「嘿著！阮查某孫細漢時就是食翠蘭媽ê餅才gâu講話，媽祖婆有保庇，半周歲ê時陣chhōa去注射，護士針拄落，阮查某孫竟然喝講：『疼死人矣！』 伊會曉國語台語，這馬出國讀冊攏講英語lih！伊寫台文小說閣有提文學獎！」阿媽抓住機會就向人炫耀，我這個孫女多屬害，很早就會講話，現在去國外留學講英語，寫台文小說還有拿文學獎。若是有人說台語沒有文字啦，阿媽就會和他們辯論。這種場面我看過很多次了，便走進廟裡逛逛，果然神壇空空的。沒什麼人來參拜，桌上佈滿沉睡的灰塵，我怕吵醒他們，躡手躡腳往廟後面走去。

廟後面有一間簡陋的鐵皮屋，地板扔著幾塊快爛去的塑膠薄片，薄片上貼著廟的沿革與老照片，看來以前很多信徒。三百多年前，有個農人從翠蘭溪底撿到翠蘭媽，便建廟祭拜，自此翠蘭庄年年豐收。翠蘭媽最靈驗的是加持收涎餅，不只這樣，還能治療牙齒痛和嘴巴破，甚至舌頭打結講話不流利，都能來求翠蘭媽的靈水回去喝。

「靈水」就是廟後面的翠蘭溪水。我看故事看得入迷，沒注意腳邊，一不小心被旁邊的石頭絆了一下，摔個四腳朝天，用華語哀了一聲：「好痛。」

摔一下後嚇得張大嘴巴，牙齒碰到那粒瘤——腫塊怎麼又變得這麼大了！

我再仔細看那塊踢到的石頭，綁著紅布立在鐵皮屋旁，上面正好刻著「飲水思源」。

阿媽和其他人聽到我大叫，趕緊過來我身邊，我跟他們說夢境和唾液瘤的事，他們覺得真神奇。

「無定著這粒消去，神像就會倒轉來矣！」廟公推敲說：「翠蘭媽變做喙瀾瘤佇你喙空內啦！」我不明白他的話。翠蘭媽變成唾液瘤，留在我嘴裡？

啊！我想通了。

「恁敢會曉收瀾歌？」我問。

「收瀾歌？收涎收灕灕，予你古錐好育飼？（收涎收乾乾，使你可愛好養育）」

「收涎收焦焦，予你身體真勇健？（收涎收乾乾，使你健康又強壯）」

「收涎收灕灕，予你大漢吃百二？（收涎收乾乾，讓你長大又長壽）」

三位老人一人一句唱著，我一邊聽，一邊不自覺地舔著嘴裡的唾液瘤，發現它真的越來越小，最後竟然整顆消失了！

我們走到正殿，看見翠蘭媽端端正正地坐在神壇上，阿媽馬上磕頭跪拜，廟公連忙放鞭炮慶祝。

回程時，阿媽坐在機車後座問我：「哪會知愛用收瀾歌？」我說，「翠蘭媽」的本名其實是「喙瀾媽」啊，我猜測。

　　阿媽恍然大悟:「著乎!我攏袂記得矣,國民政府共咱『喙瀾庄』改名做『翠蘭庄』,媽祖ê名嘛換掉矣。再閣來,講台語愛罰錢ê時代,信徒嘛愈來愈罕得用台語祈求神明矣。原來是神明聽無,法力袂靈,信徒減少,廟就敗去矣。」想不到改名後,換了語言,喙瀾媽的法力就衰弱了。

　　阿媽接著說,我們的故鄉會產稻米,全靠「喙瀾溪」。遠處翠綠的山形,就像一位女子仰躺在青色的床上熟睡,熟睡到嘴角流口水,口水從山頂如嘴唇的瀑布流下來,滋養著山腳下的田野——我們全都是喝著喙瀾媽的喙瀾長大的啊。

　　我邊騎車邊聽,阿媽輕拍我的肩膀說:「啊你不是會寫小說嗎?一定是媽祖愛你用台文寫落來流傳後代,你共這寫寫ê唸予阿媽聽,阿媽毋捌字……」

　　「但是伊捌真濟ê代誌～」我唱著那首古早的台語歌《無字的情批》,阿媽不識字,但是伊知道得可真多。

　　「三八!」

English

Emerald Orchid
Love Letter

Naomi Sím
Translated by Will Buckingham

In the summer holiday, after I received my first Taiwanese Literature prize, I returned to the village to do two things—first I wanted to read my grandma the story I'd written, but she laughed at me, saying I spoke like a foreigner, and she couldn't bear to listen; and second, I timed my arrival to coincide with my brother's return from Taipei for his baby's salivation ceremony, which I thought might also make good material for a new novel.

"*Stop your drool until it's dry, you will always be your parents' little treasure.*"

I listened to their salivation song, without a single word of Taiwanese, and it made me feel somehow uncomfortable. My older brother and his wife held the baby, taking turns to pass out the salivation biscuits that brought the blessing of peace, and that evening, after eating the biscuits, I had a strange dream—I dreamed I was beside a creek where I saw a stone engraved with the words, "When you drink, think of the source," and feeling suddenly thirsty, I wanted to drink. I cupped my hands to scoop up some water and bent my head, lifting the water to my face, my mouth breaking open, my nostrils filling with salty, sour, brackish creek water that stung me so I could not breathe—then, suddenly, I woke.

When I brushed my teeth that morning, I noticed there was a nasty lump on my inside lip, not painful, but whatever I was doing, I found myself licking at it—I licked at it when I was eating, and licked at it when I had finished eating; I licked at it when speaking English on video calls to overseas classmates; I licked at it, too, when chatting to old high school classmates; and after a week of licking at it, the lump had grown, become larger, and although it didn't hurt, it gave me the jitters, so I headed to the city hospital where the doctor patiently explained that the lump was what's known as a salivary gland tumour: it was filled with saliva, but it was not harmful to the human body, and I should just think of it like a mole, although for some people, due to changes in their physical constitution, it just clears up of its own accord.

"What kind of changes in your constitution cause it to disappear?" I asked. "How does it change?"

"At the moment, there's not really any medical explanation, it's worthless investing in research into this kind of useless thing," the doctor said, shrugging his shoulders. I felt as if the growth had again become larger. It was so annoying.

I wanted to get it removed, and the doctor said I could—it was a simple procedure, like having your teeth cleaned at the dentist—so he booked me an appointment for surgery the following week.

In the village during the summer holiday, there was nothing much to do, other than passing the time watching TV with Grandma. I discovered that Grandma was addicted to watching the recently launched Taiwanese language TV channel, and it was pretty good viewing.

In the morning over breakfast, we watched last night's repeats, over lunch we watched the news, in the afternoon we went for a nap, then in the evening, we idly watched cartoons, and at eight watched the eight o'clock drama, which ran until ten, but Grandma went to sleep earlier at nine, so we'd watch the repeats the following morning. Thanks to the public Taiwanese language channel, my Taiwanese became more fluent until, at last, Grandma was willing to let me read my story aloud. But it was a science fiction story, and Grandma didn't really know much about battle cruisers in outer space, so she just kept saying, "Wow! Wow! Wow! Great! Great! Great!"

The night before the surgery, I took advantage of the advertisement break, to tell Grandma that I was going to have surgery. Grandma was so startled, she almost leapt out of her chair, narrowly avoiding putting her back out, and I quickly opened my mouth to show Grandma the ugly thing inside, telling her not to worry. Grandma put on her glasses and looked carefully. "I can't see it."

"With your old eyes, of course you can't see a thing," I teased. I used my tongue to lick this lump I'd been fretting about for the past half-month. Strange—it had shrunk. No wonder my grandma couldn't see it.

Grandma was worried for me. I explained to her in Taiwanese what a salivary gland tumour was. After she'd heard me out, she told me there was no need to go for surgery. "Tomorrow, I will take you to worship the Emerald Orchid Mazu."

After breakfast, Grandma prepared some fruits and snacks as offerings, turned off the repeat of the previous night's eight o'clock drama, and then we got on my scooter together to go and look for the Emerald Orchid Mazu.

The temple was beside a creek, and I rode along the water's edge, oceans of lush green fields spreading in all directions, then a fleck of vermilion—imagine yourself like the wind, parting the billowing grasses to hurtle down the path towards the red speck, and there, you can see the temple of the Emerald Orchid Mazu.

When we arrived, there were two old people in the shade of an old banyan tree playing chess, and seeing that we were going into the temple, they asked in Taiwanese: "Have you come to worship? The Emerald Orchid Mazu is missing, so I'm afraid you'll be worshipping for nothing."

"What?"

"Go inside and have a look. The statue of the goddess has disappeared."

"When did it go missing?"

"About half a month back."

Grandma was fuming. "Why on earth has nobody told me this? May that scoundrel of a thief die young! To think they would even steal the gods?"

One of the chess-players was the temple keeper, who said it was not clear whether the Emerald Orchid Mazu left of her own accord, because in the past she'd been pretty efficacious—parents would bring saliva ceremony biscuits for a blessing, people even made special trips and drove from other parts of the country to worship, and after worshipping they would give their babies the biscuits to eat, and by the time the babies were six months old, they would be babbling and chattering. It was just that these days, he said, with so few people being born, nobody came to get their saliva biscuits blessed.

"It's true!" my grandmother said. When she was small, my granddaughter ate the Emerald Orchid Mazu's biscuits, and she started to speak. Mazu protects her. When she was half a year old, she went for her injections, and just as the nurse put the needle in, my granddaughter suddenly cried out in Taiwanese, "It hurts so much!" She knows Mandarin and Taiwanese, and now she studies abroad and even speaks English all the time. She's written fiction in Taiwanese and won literary prizes!" Grandma seized every opportunity to boast to people like this, and when people said there was no way of writing Taiwanese, Grandma would put them right. I'd seen this scene many times before, so I went into the temple, and it was true—the altar was totally bare and so, afraid to disturb the dust, I crept into the back of the temple building.

Out the back, there was a shack made of iron sheeting, and on the floor were a few tattered plastic boards on which were pasted old photos chronicling the history and development of the temple— it seemed that in earlier times, the temple had many worshippers. The boards explained that three hundred years ago, a farmer fished the Emerald Orchid Mazu out from the bottom of the Emerald Orchid Creek, and built the temple to worship her, and from that time onwards, the annual harvest in Emerald Orchid Village was abundant. The Emerald Orchid Mazu's particular spiritual power lay in the blessing of saliva biscuits, but not only that: those with toothache, mouth ulcers, or with speech impediments came to ask for the spiritual waters of the Emerald Orchid Mazu, to take back home and drink.

This spiritual water came from Emerald Orchid Creek, which ran behind the temple. I was so engrossed in these stories about the gods that I tripped over a stone and stumbled. "Ouch!" I yelped, in Mandarin. The stone was to one side of the hut, and was wrapped in red cloth, and on it were written the words, "When you drink, think of the source."

My mouth fell open in astonishment, and as my teeth touched the lump, I thought: how can it have become so suddenly larger?

Grandma and the others heard me cry out, and they rushed to my side—I told them about my dream and about the salivary gland tumour, and they were awestruck. "Perhaps if the lump disappears, the statue of the goddess will return," the temple keeper said. "The Emerald Orchid Mazu has transformed into a salivary tumour in your mouth!"

I couldn't make sense of what I was hearing. The Emerald Orchid Mazu? I thought. The growth...?

Ah!

"Can you sing the salivation song?" I asked.

"The salivation song?" the temple keeper said. Then he recited in Taiwanese. "Stop drooling, so you will be cute and easy to raise."

"Stop drooling, so your body will be healthy and strong."

"Stop drooling, so you will live to one hundred and twenty."

The three old people recited the song, a sentence each, and I listened and licked at my salivary grand tumour, and it was true—it became smaller and smaller, until at last it had faded away entirely.

We went into the main temple hall to see the Emerald Orchid Mazu statue, back in its rightful place, and Grandma immediately bowed in worship, the temple keeper hurriedly setting off some firecrackers to celebrate.

Afterwards, riding behind me on the scooter, Grandma asked me how I knew I should use the salivation song. I said, "I was guessing that the real name of the Emerald Orchid Mazu, *Chhùi Lân Má*, was the Saliva Má-chó', *Chhùi-Nōa Má*."

Grandma said, "It's true! I'd forgotten as well that when the nationalist government changed the name of our village from Saliva Village to Emerald Orchid Village, Má-chó's name fell into disuse. Even worse, this was the time when they fined people for speaking Taiwanese, so when they petitioned the gods, believers used the language less and less. It seems that the gods couldn't understand, and so their powers became less and less effective, their followers dwindled, the temples too fell into decline..."

Grandma went on to say how the rice produced in our hometown is thanks to the Saliva Creek. The distant green of the mountains, she told me, is like a woman taking a nap on an emerald bed, sleeping until her saliva drools, and from her lips in the mountain peaks, her saliva flows downwards, where it nourishes the sea of green fields at the foot of the mountains—we are nourished into our maturity by the drool of the Saliva Má-chó.

As I drove, I listened. Then Grandma tapped my shoulder: "But aren't you supposed to be good at writing stories? Má-chó would want you to write this down in Taiwanese, to pass on to the next generation. Then you can read what you've written to Grandma, because I'm no reader..."

I started to sing, a line from that old Taiwanese song, *The Unwritten Love Letter*—"And yet she knows so many things..."

"Silly girl!" laughed Grandma.

Gàidhlig

Litir-leannanachd Mhogairle Smàragach

Naomi Sím
Translated by Lisa MacDonald

Ann an làithean saora an t-samhraidh, an dèidh dhomh Duais
Litreachas Thaidh-Bhàin a chosnadh son a' chiad uair, thill mi
dhan bhaile gus dà rud a dhèanamh—a' chiad rud gus an
sgeulachd agam a leughadh dha mo sheanmhair, ach cha do rinn
ise ach magadh orm. Thuirt i gun robh blas coigreach air mo
chainnt nach gabhadh èisteachd ris. Agus an darna rud, rinn mi
cinnteach gum bithinn ann còmhla ri mo bhràthair a bha a'
tilleadh à Taipei far an robh e aig deas-ghnàth ronnachadh a
leanaibh. Bha beachd agam gur dòcha gun gabhadh a chleachdadh
airson nobhail.

*"Sguir dhe do ronnachadh gus an tiormaich e, 's bidh thu nad
àilleagan phàrant gu bràth."*

Dh'èist mi ris an òran ronnachaidh aca, gun fhacal Taidh-
Bhànais ann, agus dh'fhàs mi mì-shocair. Bha an leanabh an
gàirdeanan mo bhràthair agus a bhean, agus iad a toirt a-mach nam
briosgaidean ronnachaidh a bheireadh beannachd is sìth. An
oidhche ud, an dèidh dhomh na briosgaidean ithe, rinn mi
bruadair annasach—nam bhruadair bha mi ri taobh aibhne, agus

chunnaic mi clach air am facas, "Nuair a bhios tu ag òl, smaoinich air an tùs." Bha am pathadh orm, agus bha mi ag iarraidh deoch. Rinn mi taoman le mo làmhan agus chrùb mi mo cheann chun an uisge, mo bheul a' fosgladh mòr agus fàileadh geur an leth-shàil nam shròin, cho borb 's nach b' urrainn dhomh anail a ghabhail, agus dhùisg mi gu h-obann.

Nuair a bha mi a' brùisigeadh m' fhiaclan sa mhadainn ud mhothaich mi cnap beag grànda na mo bheul, air taobh a-staigh mo bhilean. Cha robh e goirt, ach chuir e dragh orm. Bhithinn an còmhnaidh ga imlich—dh' imlich mi e fhad 's a bha mi ag ithe, dh' imlich mi e nuair a bha mi deiseil le mo bhiadh; dh' imlich mi e nuair a bha mi a' bruidhinn Beurla ri caraidean thall thairis air-loidhne ; dh' imlich mi e cuideachd nuair a bha mi a' cabadaich ri seann charaidean sgoile. An dèidh seachdain de dh'imlich bha an cnap air fàs nas motha, agus ged nach robh e goirt dh'fhàs mi mì-shocair mu dheidhinn. Thog mi orm gu ospadal a' bhaile, agus mhìnich an dotair gu foighidinneach nach robh ann ach rud ris an canar iongrachadh fàireag-seile: bha e làn ronnachaidh, ach cha dèanadh e cron sam bith air bodhaig dhaoine, agus thuirt e gum bu chòir dhomh ghabhail ris mar a ghabhadh tu ri ball-dòrain, agus gum falbhadh e leis fhèin, co-dhiù do chuid, a-rèir atharrachaidhean nan aorabh.

"Dè seòrsa atharrachaidhean nad aorabh a chuireas às dha? Ciamar a bhios e ag atharrachadh?"

"Chan eil adhbhar meidigeach againn fhathast, agus chan fhiach airgead a chosg air rannsachadh gun fheum," thuirt an dotair le crathadh-guaille. Bha beachd agam gun do dh'fhàs an cnap nas motha a-rithist. Bha e a' cur dragh mòr orm.

Bha mi airson a thoirt air falbh, agus thuirt an dotair gun gabhadh sin a dhèanamh, agus gur e pròiseas gu math sìmplidh a bhiodh ann, coltach ri glanadh fhiaclan le fiaclair. Chuir e air dòigh ceann-latha airson obair-lannsa an ath sheachdain.

Cha robh mòran agam ri dhèanamh sa bhaile sna làithean saora ach a bhith a' sealltainn air an T.Bh. còmhla ri mo sheanmhair. Thuig mi gun robh mo sheanmhair gu math dèigheil air an t-seanail ùr sa chànan Taidh-Bhànais, agus chòrd e riumsa cuideachd.

Sa mhadainn, aig àm bracaist, sheall sinn air na prògraman bhon oidhche raoir, aig àm lòin sheall sinn air na naidheachdan, ghabh sinn norrag feasgar agus an uair sin sheall sinn air cartùnaichean, agus aig ochd uairean sheall sinn air dràma na h-oidhche a chaidh a chraoladh suas gu deich uairean, ach bhiodh mo sheanmhair a' dol innte aig naoi uairean, agus mar sin sheall sinn air a-rithist an ath mhadainn. Leis gun robh sinn a' sealltainn air an t-seanail phoblach Thaidh-Bhànais, thàinig piseach air mo chuid Thaidh-Bhànais fhèin, agus mu dheireadh thall bha mo sheanmhair deònach èisteachd ris an sgeulachd agam. B' e ficsean saidheansail a bh' innte, agus cha robh mo sheanmhair ro eòlach air crùsairean cogaidh san fhànas, agus mar sin cha tuirt i ach, "Sin thu fhèin! Sin thu fhèin! Sin thu fhèin! Sgoinneil! Sgoinneil! Sgoinneil!"

An oidhche ron obair-lannsa ghabh mi brath air àm nan sanasan air an teilidh, agus dh'innis mi dha mo sheanmhair gun deidheadh obair-lannsa a dhèanamh orm. Theab i leum às an t-sèithear agus cha mhòr nach do ghoirtich i a druim, agus dh'fhosgail mi mo bheul gu luath gus an rud grànda a bha na bhroinn a shealltainn dhi, feuch an socraicheadh sin i. Chuir mo sheanmhair oirre a speuclairean agus thug i sùil. "Chan eil mise ga fhaicinn."

"'S beag an t-iongnadh nach eil thu a' faicinn rud sam bith leis na sùilean aosta agad," thuirt mi 's mi a' magadh oirre. Le mo theanga dh'imlich mi an cnap a bha air dragh a chur orm fad cola-deug. Nach neònach sin—bha e air a dhol sìos. Chan iongnadh nach fhaca mo sheanmhair e.

Ghabh mo sheanmhair uallach mu mo dheidhinn. Mhìnich

mi ann an Taidh-Bhànais dè bh' ann an iongrachadh fàireag-seile. Dh'èist i rium, agus thuirt i nach robh feum agam air obair-lannsa idir. "Bheir mi leam thu a-màireach agus nì sinn adhradh do Mhazu Mhogairle Smàragach."

An dèidh àm bracaist chuir mo sheanmair air dòigh measan agus greimeagan bìdh mar ofrailean, chuir i dheth am prògram bhon oidhche raoir agus shuidh an dithis againn le chèile air an sgùtair agam, feuch an robh sgeul oirre.

Bha an teampall ri taobh aibhne agus dh'imich mi ri taobh na h-oire, cuantan de dh'achaidhean feurach gorm a' sìneadh air gach taobh, agus an uair sin dùdan flann-dearg—gabhaidh tu riochd na gaoithe 's tu a' roinneadh sumaid an fheòir gus an ruigeadh tu an gràinnean dearg far am faicear teampall Mazu Mhogairle Smàragach.

Nuair a ràinig sinn bha dithis bhodach a' cluiche geama tàileisg fo sgàil craoibhe banyan. Nuair a mhothaich iad gun robh sinn a' dol dhan teampall, dh'fhaighnich iad ann an Taidh-Bhànais, "A bheil sibhse ri adhradh? Tha Mazu Mhogairle Smàragach air chall—is suarach ur n-adhradh, tha eagal orm."

"Dè?"

"Thallaibh a-steach agus thoiribh sùil. Tha ìomhaigh na ban-dè air chall."

"Cuin a chaidh i air chall?"

"Mu cho-là deug air ais."

Chuir sin an caothach dearg air mo sheanmhair. "Carson nach do dh'innis duine dhomh? Gum bàsaicheadh am mèirleach mosach sin òg. Smaoinich thusa, a' goid fiù 's nan diathan."

Bha fear de na cluicheadairean tàileisg na ghlèidheadair teampaill, agus thuirt e gur dòcha gun do rinn Mazu Mhogairle Smàragach às air a ceann fhèin, oir bha i air a bhith gu math soirbheachail—bhiodh pàrantan a' toirt ann bhriosgaidean ronnachaidh airson am beannachadh, agus thigeadh daoine bho fhad às gus adhradh a dhèanamh, agus bhiodh iad a' toirt nam briosgaidean don cuid leanban, agus nuair a bhiodh iad sia mìosan a dh'aois bhiodh iad a' gagaireachd 's a cabadaich. An rud a bh' ann, thuirt e, sna làithean sin, cha do rugadh an t-uabhas dhaoine, agus cha tàinig duine airson beannachadh nam briosgaidean.

"An fhìrinn a th' agad!" thuirt mo sheanmhair. "Nuair a bha i òg dh'ith an nighean seo briosgaidean Mazu Mhogairle Smàragach agus thòisich i ri bruidhinn. Bidh Mazu ga dìon. Nuair a bha i sia mìosan a dh' aois fhuair i na banachdaichean aice, agus nuair a chuir an nurs an t-in-stealladh innte dh'èigh i ann an Taidh-Bhànais, "Tha e cho goirt!" Tha Mandarin aice agus Taidh-Bhànais, agus tha i a-nise thall thairis san oilthigh far am bi i a' bruidhinn Beurla fad na h-ùine. Sgrìobh i ficsean ann an Taidh-Bhànais agus choisinn i duaisean litreachais!" Ghabh mo sheanmhair a h-uile cothrom gus uaill a dhèanamh asam mar seo, agus nuair a chanadh càch nach robh leithid de rud ann ri sgrìobhadh Taidh-Bhànais, chuireadh ise ceart iad. Leis gun robh mi air an suidheachadh seo fhaicinn iomadh turas roimhe, lean mise orm dhan teampall, agus b' e an fhìrinn a bh' aca—bha an altair gu tùr lom, agus leis nach robh mi airson an duslach a ghluasad tharraing mi air ais gu cùl an teampaill.

Air cùlaibh an teampaill bha seada iarainn le bùird phlastaig shracte air an làr air an robh seann dealbhan a sheall eachdraidh agus leasachadh an teampaill. Bha coltas ann gum b' àbhaist dha luchd-adhraidh gu leòr a bhith ann sna làithean a dh'fhalbh. Mhìnich na bùird gun do lorg tuathanach Mazu Mhogairle Smàragach aig bonn abhainn Mhogairle Smàragach, agus gun do thog e an teampall dhi, agus bhon uair sin bha am fogharadh ann am pàilteas ann am baile Mhogairle Smàragach gach uile bliadhna. B' e beannachadh bhriosgaidean ronnachaidh a bha na chumhachd shònraichte Mazu Mhogairle Smàragach, ach cha b' e sin e: b' urrainn don fheadhainn air an robh an dèideadh, no othar beòil, no duilgheadasan cainnt iarraidh air Mazu Mhogairle

Smàragach Uisgeachan Spioradail a thoirt dhaibh gus an òladh iad aig an taigh iad.

Thàinig an t-uisge spioradail sin à abhainn Mhogairle Smàragach a bha a' sruthadh air cùlaibh an teampaill, agus bha mi cho mòr air mo bheò-ghlacadh leis na sgeulachdan sin 's gun do thuislich mi aig clach, 's gun do thuit mi. "Aoibh!" dh'èigh mi ann am Mandarin. Bha a' chlach air aon taobh dhen t-seada, air a còmhdachadh le clò dearg air an robh na faclan, "Nuair a bhios tu ag òl, smaoinich air an tùs."

Dh'fhosgail mi mo bheul leis an iongnadh, agus nuair a bhean m' fhiaclan ris a' chnap, thuirt mi rium fhìn: ciamar a dh'fhàs e cho mòr cho luath?

Chuala mo sheanmhair agus na daoine eile mi ag èigheach, agus thàinig iad thugam nan deann—dh'innis mi dhaibh mun bhruadair agus mu iongrachadh na fàireige-seile, agus theab iad tuiteam. "Ma dh'fhalbhas an cnap, 's mathaid gun till ìomhaigh na ban-dè," thuirt glèidheadair an teampaill. Chaidh Mazu Mhogairle Smàragach na h-iongrachadh fàireag-seile na do bheul!"

Cha robh mise a' dèanamh sgot de na bha mi a' cluinntinn. Mazu Mhogairle Smàragach? smaoinich mi. A t-iongrachadh...?

Ah!

"An gabhadh tu an t-òran ronnachaidh?" dh'fhaighnich mi.

"An t-òran ronnachaidh?" dh'fhaighnich glèidheadair an teampaill. An uair sin sheinn e ann an Taidh-Bhànais, "Sguir ri ronnachadh gus am bi thu bòidheach agus furasta ri do thogail."

"Sguir ri ronnachadh gus am bi do bhodhaig fallain is treun."

"Sguir ri ronnachadh gus am mair thu beò gu aois ceud 's a fichead."

An uair sin ghabh an triùir bhodach an t-òran loidhne mu seach, agus dh'èist mise agus dh'imlich mi iongrachadh na fàireige-seile, agus bha iad ceart—dh'fhàs e na bu lugha agus na bu lugha gus nach robh dad air fhàgail.

Chaidh sinn a-steach gu prìomh talla an teampaill gus ìomhaigh Mazu Mhogairle Smàragach fhaicinn san àite cheart mar bu dual dhi, agus chrùb mo sheanmhair ri adhradh fhad 's a chuir glèidheadar an teampaill air dòigh cleasan-teine.

Air ar slighe dhachaigh, na suidhe air mo chùlaibh air an scùtair, dh'fhaighnich mo sheanmhair ciamar a dh'aithnich mi gum b' e an t-òran ronnachaidh a bha a dhìth oirnn. Thuirt mi, "B' e mo thuairmse gur e ainm ceart Mazu Mhogairle Smàragach, Chhùi Lân Má, Mazu an Ronnachaidh, Chhùi-Nōa Má."

Thuirt mo sheanmhair, "'S tu tha ceart! Dhìochuimhnich mi cuideachd, nuair a dh'atharraich an riaghaltas nàiseantach ainm ar baile bho Bhaile an Ronnachaidh gu Baile Mhogairle Smàragach, gun deach ainm Mhazu a-mach à cleachdadh. Nas miosa buileach, b' e sin nuair a chuirear unnlagh air daoine a bhiodh a' bruidhinn Taidh-Bhànais, agus mar sin bhiodh nas lugha agus nas lugha de chreidmhich a' cleachdadh a' chànain gus athchuinge a thoirt air na diathan. Bha coltas ann nach robh na diathan a' tuigsinn, agus dh'fhàs an cumhachdan nas laige agus nas laige, chrìon àireamh an luchd-leanntainn aca, agus dh'fhàs na teampaill nas miosa cuideachd..."

Lean mo sheanmhair oirre le bhith ag innse dhomh gur ann air sgàth Abhainn an Ronnachaidh a bhiodh an rus a' fàs sa bhaile againn. Bha dath gorm fad-às nam beann mar bhoireannach a ghabh norrag ann an leabaidh smàragach, na suain gus an sileadh an ronnachadh bhuaipe, gus an sruthadh e sìos bho a bilean ann an stucan nam beann gus cuan nan achaidhean gorma aig bonn nam beann a bhiathadh—thèid ar biathadh gu inbheas le ronnachadh Mazu an Ronnchaidh.

Bha mi ag èisteachd fhad 's a bha mi a' dràibheadh, agus thug mo sheanmhair brag dhomh air mo ghualainn: "Ach nach tusa a tha math air sgeulachdan? Chòrdadh e ri Mazu nan sgrìobhadh tusa seo sìos ann an Taidh-Bhànais gus a thoirt don ath ghinealach.

Faodaidh tu an uair sin ga leughadh dha do sheanmhair, oir cha
leughadair mise..."

Thòisich mi ri seinn, loidhne às an t-seann òran Taidh-
Bhànais, *An Litir-leannanachd Nach Deach a Sgrìobhadh*—
"Agus tha i cho fiosrachail air iomadh rud..."

"Ist, òinsich!" thuirt mo sheanmhair le gàire.

Elissa Hunter-Dorans

Scotland

Gàidhlig

A' Chathair Fhalamh

Elissa Hunter-Dorans

B' e Oidhche Challainn a bh' ann ann an Inbhir Nis air an oidhche mu dheireadh de na Seachdadan. Bha an taigh-baile Bhictòrianach a' cuisleachadh le rong - mar bhreacan fighte de dh'fhuaimean a bha dearg, is uaine, is òrdha. Fìdhlean a' seinn a-mach an ruidhleachan-seanmhar, bòtannan a' bualadh duslaich bhon làr fhiodha gus ruitheam a chumail, agus guthan mar cheò ann an sèist chlabarach. Ann am meadhan an tulgaidh shuidh cathair fhalamh. Bha i sàmhach agus gun ghluasad, fear-faire na h-oidhche ann am fiodha agus leathar. Cha robh duine deònach a làimhseachadh, no suidhe innte. B' i mo sheanmhair a chuir ann i, mar a rinn i gach Oidhche Challainn. Fàgaidh sinn cathair dhan Eaglais Shaoir, thuirt i a h-uile bliadhna. Cha robh fios againn dè idir a bha i a' ciallachadh, ach leig sinn leatha cumail oirre mar a thogradh i.

Rinn sinn dannsa timcheall air a' chathair, a' dèanamh fealla-dhà. "Tha mi teagmhach nach tig i am-bliadhna," rinn mo mhàthair gàire, le lasan a' fàs na gruaidhean. "Ach chan urrainn dhuinn a bhith cinnteach, an urrainn?"

Thòisich seann charaid sgoile agam ri a magadh. "Uair bha siud dh'fhaodadh tu buill na h-Eaglaise Saoire a chruachadh air a' chathair ud, agus bhiodh iad a' ruigsinn na gealaich agus sìos air ais a dh'Alba! Ach a-nis... a-nis is gann gun ruigeadh iad am mullach." Rinn sinn uile gàire, agus chùm sin oirnn a' dannsadh.

Bha a' chathair air tighinn gu bhith na traidisean, an treast fiodha seo gun duine ga bhlàthachadh; fuigheall neo-sheasmhach de dh'àm a bha na bu shine, na bu chruaidhe. B' e cultar neo-chaochlaideach a bh' anns a' chathair. B' e taibhse a bh' innte, na seasamh aig stairsneach nua-aimsireachd nan Ochdadan.

A-muigh, bha oidhche fhuar dheireannach na bliadhna a' tarraing a-steach, thairis air na sgàinein de shràidean air an càsaigeadh tron tarmac, gleansach leis an reothadh. Choisich an Eaglais Shaor gu luath, a còta dubh teann mar fhasgadh an aghaidh na gaoithe.

Na bu thràithe air an fheasgar sin, bha i air a dhol gu seirbheis eaglaise. Thadhail i air tè dhiubh gach Oidhche Challainn, a dh'fhaicinn mar a bha cùisean a' dol aig deireadh bliadhna eile. Cha robh an coithional ach beag an turas seo, oir bha e na bu lugha a h-uile bliadhna. Agus bu bheag an searmon cuideachd, le guth a' mhinisteir neo-shunndach agus làn sgìths. Thug e rabhadh mu chinnteachd a' bhàis, mu thriall dubh na h-ùine, mun fheum dhearg a bhith a' strì an aghaidh suarachais shaoghalta. Sheinn an coithional sailm ann an Gàidhlig agus dh'èirich na faclan mar shnàithleanan cugallach a-steach do na sparran fuara gu h-àrd os an cionn.

Nuair a thàinig an t-seirbheis gu crìch, thuirt am ministear, "Thallaibh dhachaigh a-nis, is deanaibh ùrnaigh airson na bliadhna a tha romhainn. Agus cuimhnichibh: chan eil anns an t-saoghal seo ach toileachasan dìomain - is dìomhanas gach nì."

Mar sin, dh'fhàg an Eaglais Shaor an t-seirbheis, ach cha deach i dhachaigh. Shìn i tron bhaile ghleansach, le fuaim beum-cheòlach a bòtannan troma a' cnagadh air an deigh. Mar a choisich i, chuala i guthan clòimhe an t-subhachais a' dòrtadh bho thaighean, corra ghàire a' sliseachadh loidhne dhearg tron oidhche, a' deàrrsadh tron dubh. Dh'fhairich i an tarraing dheth, mar shnàthainn sgàrlaid a' lùbadh timcheall oirre, ga slaodadh a dh'ionnsaigh rudeigin a bha uaine na h-inntinn, cho uaine is gun robh e cha mhòr òrdha.

Choimhead i suas ris an taigh-bhaile a bha na sheasamh gu h-àrd le moit, le solas òrdha a' dòrtadh bho na h-uinneagan, is ceòl nan guthan a' seòladh tron adhar dha na sràidean gu h-ìosal. Thàinig an Eaglais Shaor dhan doras, ach rinn i sòradh. B' urrainn dhi ruitheam a' hòro-gheallaidh fhaireachdainn na broilleach. Phut i an doras mu dheireadh thall, agus dh'fhosgail e gu luath. B' ann an sin a chunnaic i a' chathair fhalamh, mar chuireadh, no mar iarrtas. Agus 's ann dìreach an uair sin a bha fios aice: b' e seo a thug an seo i.

Ghabh i ceum thairis air an stairsnich - a-mach às an oidhche dhubh, is a-steach dhan òr. Bha am fidhlear air a mheileachadh le a bhogha a' tomhadh ris na nèamhan agus glainneachan uisge-beatha glaiste air bilean peantaichte. Stad na dannsairean an dannsadh. Ghabh an seòmar anail. Sheas an Eaglais Shaor aig an doras, a còta fhathast air a phutanadh suas gu a h-amhaich, a falt seudach le ceò an fheasgair.

"O," thuirt mo sheanmhair, a làmhan-pàipeir a' falach a beòil, is a guth liath mar lèine-mharbh. "Thàinig thu."

"Thàinig," fhreagair an Eaglais Shaor gu sìmplidh. An uair sin, air sgàth 's nach do ghabh duine sam bith e, chuir i dhith a còta agus chroch i ri taobh an dorais e. Bha a gluasadan a dh'aona-ghnothach, mar gun robh eagal oirre ro neart a meòir fhèin. Bha sòradh ann, mar gun robh an rùm a' leigeil a-mach anail, agus thàinig fuaimean a' bhreacain air ais. Sheinn an fhidheall a port, agus thòisich na casan air an dannsa, ged a bha iad na bu chugallaiche na bha iad roimhe—sùilean a' sreap a-null thuice, an-dràsta 's a-rithist.

Ghluais an Eaglais Shaor a dh'ionnsaigh na cathrach falaimhe. Bha i na bu mhotha na bha i air smaoineachadh, a fàslach na bu truime. Bha fios aice gur ann dhìse a bha i, agus dhìse a-mhàin. A dh'aona ghnothach, gu cùramach, shuidh i sios. Chuir i a làmhan air am pasgadh na h-uchd, le a druim dìreach.

Thòisich daoine a' seòladh thuice, cuid dhiubh diùid, cuid deismireach. "An gabh thu dram?" dh'fhaighnich bràthair-athar agam le guailnean leathann is gàire mhì-mhodhail. Thug e a-mach glainne, an leannach òmar a' frasadh solas na coinnle.

Chuir an Eaglais Shaor dàil air, a meòir a' bruthadh na glainne. Ged a bha am partaidh a' dol a-rithist, dh'fhairich i cuideam an sùilean oirre, dùbhlan gun fhacal. Carson a tha sibh ann, carson a thàinig sibh? Le bhith a' gabhail an drama, rachadh rudeigin mòr a ràdh; ach bhiodh e a' ciallachadh rudeigin, a cheart cho duilich, a bhith ga dhiùltadh. Bha an roghainn crochte san adhar mar chlamhan-ruadh.

"Gabhaidh," thuirt i mu dheireadh, a guth seasmhach. Thog an Eaglais Shaor a' ghlainne, ach an àite a bhith ag òl, chùm i suas gu h-àrd i. Thug rudeigin mun ghluasad aice air an rùm a dhol sàmhach a-rithist. Thionndaidh a h-uile duine thuice, agus i na suidhe sa chathair, an sin ann am meadhan an t-seòmair.

"Airson na bliadhna a tha romhainn," thuirt i. "Biodh e na bliadhna de ghràs."

Sheinn raoic gàirdeachais a-mach tro na daoine gun dàil, agus sgaoil an teannachadh san t-seòmar mar shiùcar ann am poit brochain os cionn an teine. Rinn an Eaglais Shaor beagan gàire, an sin chuir i sìos a' ghlainne. Cha robh duine air mothachadh nach robh i air braon a ghabhail. Bhuail na ceòladairean port ùr, fear ùr-nosach air nach robh duine eòlach, agus chaidh na dannsairean thairis air an làr aon uair eile.

Sheas mo sheanmhair suas, agus smèid i rium. Fhuair mi cathair eile dhi agus chuir mi i ri taobh far an robh an Eaglais Shaor na suidhe. Shuidh mo sheanmhair sìos ri taobh an aoigh, a h-aodann aotrom le deoch is mac-meanma. "Chuir sibh iongnadh oirnn uile a-nochd, fhios agaibh," thuirt i. An uair sin phriob i a sùil. "Cha robh mi a' smaoineachadh gun leigeadh ur n-athair Calvin a-mach sibh. Agus sibhse cho anmoch!"

Sheall an Eaglais Shaor mun cuairt san t-seòmar, air na h-aghaidhean air am peantadh tartan le gàire, agus air an dòigh anns an robh an solas a' priobadh chriomagan de sgeulachdan air na ballachan. "Chan eil e cho diofraichte, a bheil? Na tha sinn uile ag iarraidh, san t-saoghal bheag seo."

Bha gàire mo sheanmhair socair. "Agus dè tha sin?"

"Tilleadh chun nan làithean fada seachad."

Ràinig an gleoc meadhan-oidhche an sin, agus spreadh an seòmar le aoibhneas, an seòrsa nach fhaic a' mhòr-chuid gus an ruigeadh iad Tìr nan Òg, no pàrras air choireigin. Bha pògan ag itealaich timcheall am-measg nan aoighean, le làmhan air an greimeadh còmhla, dearg is geal cho fada 's a chitheadh sùil. Ach dh'fhan an Eaglais Shaor na cathair, a' coimhead, gàire bheag a' tarraing air oiseanan a bilean. Ghabh mo sheanmhair a làmh agus bhrùth i i.

Airson tiota, smaoinich an Eaglais Shaor air briathran a' ministeir, chan eil anns an t-saoghal seo ach toileachasan dìomain - is dìomhanas gach ni. Ach an seo, anns an taigh-bhaile seo làn de bhlàths agus de bheatha, dh'fhaighnich i: ciamar nach fhaiceadh am ministear? Tha sìorraidheachd an seo mar-thà, tha i mun cuairt oirnn is anns a h-uile càil.

Lean an geòcaireachd air adhart gu madainn. Fada às dèidh meadhan-oidhche, dh' èirich an Eaglais Shaor gu sàmhach. Smèid i soraidh ri mo sheanmhair, an uair sin chuir i oirre a còta agus chaidh i air ais dhan oidhche chlosta. Bha na sràidean sàmhach an uair sin, na cuirmean a' gluasad air cùl dhorsan a-nis. Choisich an Eaglais Shaor gu mall leis an adhar fhuar a' sgoltadh an aghaidh a gruaidhean. Bha glaodhan nan salm agus nam fìdhlean a' fighe ri chèile na h-inntinn.

Nuair a ràinig i an cladh, stad i. Sheas an eaglais gu dorcha agus sàmhach, na h-uinneagan aice neo-shoilleir le reothadh. Sheas i an sin airson tiotan fada, a h-anail ag èirigh ann an sgòthan. An uair sin thionndaidh i gus leantainn air a slighe.

San taigh-bhaile bha aoighean a' phàrtaidh a' tòiseachadh ri glanadh a-mach. Thuirt mo sheanmhair gun robh i a' dol dhan leabaidh. An ceann greiseig bha na h-aoighean uile air falbh. Agus ann am meadhan an t-seòmair sheas a' chathair fhalamh.

English

The Empty Chair

Elissa Hunter-Dorans
Translated by Lisa MacDonald

It was Hogmanay in Inverness, on the last night of the Seventies. The crowded townhouse pulsed with life, a woven tartan of sounds. Fiddles singing out reels, laughter, boots striking dust from the wooden floor to keep time, sounds that were red and green and gold, a babbling chorus. At the centre of the uproar was an empty chair. It was silent and unmoving, a nightwatchman of wood and leather. Nobody touched it, nobody dared to sit on it. It was my grandmother who put it there, as she did each Hogmanay. We will leave a chair for the Free Church, she said every year. We didn't know exactly what she meant, but we let her have her way.

We danced around the chair, making jokes. "I doubt she'll come this year," my mother laughed, her cheeks flushed. "But we can never be sure, no?"

An old school friend of mine joined in. "Once upon a time you could have stacked the members of the Free Church on the chair, and they'd have reached the moon and back. But now... now they'd hardly reach the roof." We all laughed, and went on dancing.

The chair had become a tradition, this empty wooden seat without a body to warm it, a relic of an older, stricter time. It stood for something, though. An idea of an unchanging culture, a ghost of the past, standing at the threshold of the Eighties.

Outside, the year's last night was drawing in, the wind blowing cold over the cracked cobbles glazed with frost. The Free Church walked fast, her black coat pulled in tight to shelter her against the winds. Earlier that evening, she had attended a church service. She stopped in on one every New Year's Eve, to see how things were going. The congregation this time had been small, as every year it was smaller. And the sermon was somehow small too, the minister's unwavering voice laden with weariness. He talked about the certainty of death, the black passage of time, the need to resist worldly frivolity. The congregation sang psalms in Gaelic and the words rose like fragile threads into the cold rafters above.

When the service came to an end, the minister said, "Go home now, and pray for the year to come. And remember that this world is made up of nothing but fleeting joys." So the Free Church left. But she was restless, and so she did not go home. Instead, she strode through the crystalline town, the percussive sound of her heavy boots crunching on the ice. As she walked, she heard voices of celebration. She looked up to see the old townhouse, golden light spilling from the windows, the sound of singing and fiddles and raised voices tumbling into the streets below. The Free Church came to the door and hesitated. She could feel in her chest the rhythm of the party. She pushed the door and it swung open. It was then she saw the empty chair, like an invitation, or a demand. And it was only then that she knew: this was what had brought her here.

The Free Church took a step across the threshold, out of the black night and into the golden warmth of the room. The fiddlers froze, their bows pointed towards the heavens. The whisky-drinkers, glasses raised to painted lips, were stilled. The dancers stopped dancing. The room held its breath. The Free Church stood in the doorway, her coat buttoned to the neck, her hair jewelled by the night frost.

"Oh," my grandmother said, her paper-hands hiding her mouth, her voice pale as a death-shroud. "You came."

"I did," said the Free Church. Then, because nobody offered to take it for her, she took off her coat and hung it up beside the door. Her movements were deliberate, slow. There was a pause, then the room let out its breath, and the tartan of sound resumed. The fiddles sung out, the dancers continued their dancing, though more uncertainly than before, glancing now and again towards the new arrival.

The Free Church strode towards the empty chair, its emptiness heavy somehow, an obligation. She knew it was for her, and her alone. Deliberately, carefully, she sat down. Then she folded her hands in her lap and straightened her back.

A man approached her, a distant uncle of mine. He had broad shoulders and greying hair, and he held out a glass of whisky. "Will you take a dram?" he asked, offering the Free Church a glass. The amber whisky reflected the candlelight.

The Free Church hesitated. Then she reached out, and her fingers brushed the lip of the glass. Although the party had resumed, she could feel the weight of everyone's eyes on her, a wordless challenge. Why are you here? Why have you come?

By taking the drink something significant would be said; but refusing would mean something equally difficult. The choice hung in the air, like a kestrel.

"I will," she said at last, her voice steady. The Free Church took the glass and held it. But then, instead of drinking, she lifted it high. Something about her gesture made the room fall silent again. Everyone turned to face her, seated in the chair, there in the middle of the room.

"To the year to come," the Free Church said. "May it be one of grace."

A roar of delight passed through the gathered party-goers, dissolving the tension like sugar in a pot of porridge over the fire. The Free Church smiled slightly, then she put down the glass. Nobody had noticed that she had not taken a drop. The fiddlers struck up a new tune, an unfamiliar one, and the dancers went across the floor once again.

My grandmother stood up, and gestured to me. I got her another chair and placed it next to where the Free Church was sitting. My grandmother sat down beside the guest, her face alight with drink. She leaned in. "You surprised us all tonight, you know," she said. Then she winked. "I didn't think your father Calvin would let you out. Particularly not at this hour!"

The Free Church smiled again. Then she looked at the laughing faces, and tilted her head to one side, trying to catch the fragments of stories being passed around the room. "It's not so different, is it? What we all want? All of this...?"

My grandmother's laugh was soft. "And what's that?"

"To return to times long past."

It was precisely then that the clock reached midnight. The room exploded with joy. People exchanged kisses, clasped hands, cheered. But the Free Church stayed where she was, a small smile tugging the corners of her lips. My grandmother reached for her hand and squeezed it.

For a split second, the Free Church thought of the minister's words: remember that this world is made up of nothing but fleeting joys. But here, in the townhouse filled with warmth and light, she wondered: how could the minister be so blind? How could he not see? The eternal is here already. It surrounds us, it is in everything.

The revelry continued towards morning. Long after midnight, the Free Church rose quietly. She nodded in farewell to my grandmother, then slipped on her coat and went back into the hushed night.

The streets were quiet now, except for the muffled sounds of waning celebrations. The Free Church walked slowly, the cold air biting her cheeks. Braided together in her mind were the wail of psalms, the frenzy of fiddles, the laughter and voices, the clatter of dancing feet, the voice of my grandmother.

When she reached the churchyard, the Free Church paused. The church was dark and silent, its windows opaque with frost. She stood for a long moment, her breath rising in a cloud. Then she turned and continued on her way.

By now, in the townhouse, the party guests were starting to clear out. My grandmother announced she was heading to bed. Soon all the guests were gone. And in the centre of the room stood the empty chair.

空椅

Elissa Hunter-Dorans
Translated by Shengchi Hsu

　　那是1970年代的最後一個晚上。蘇格蘭印威內斯
(Inverness)的跨年夜慶典讓城市裡密集的聯排房子活了過
來。喧鬧的聲響如蘇格蘭傳統格紋般在空氣中交織著。
小提琴伴隨著舞蹈與笑聲，讓人們腳下的皮靴跟著節奏
躍動，振起飛揚的沙塵，各式各樣的聲響，交合成多彩
的和聲。　在這歡愉的場合，總有一把椅子，像一個以皮
革與木頭製成的守夜人，靜靜一動也不動地佇在大廳中
央。從來沒有人會去碰它，　也沒有人敢去坐在它上面。
每個跨年夜我奶奶都會把那把椅子擺好，然後說：「把
這把椅子留給蘇格蘭自由教會的信眾吧！」因為沒有人
懂她在說什麼，　所以我們總是照著他的意思做。

　　我們一邊繞著那把椅子跳舞，一邊嘻鬧著。我媽媽
臉紅開了個玩笑：「我覺得她今年應該不會來了。但話
說回來，誰知道她到底會不會來啊？」

　　一位老同學接著說：「以前啊，如果你把蘇格蘭自
由教會的信眾一個個疊在這把椅子上，大概能堆地跟月
亮一樣高！不過……現在大概連天花板都碰不到了
吧。」我們都笑了出來，然後繼續跳舞。

這把椅子就這樣變成了我們跨年夜的一項傳統。一個沒有人坐，冷冰冰的木頭座位；一個從嚴謹的過去流傳下來的文物。不過，它確實有個象徵意義：它代表一個佇立在1970與1980年代的交界上不變的文化意念和一個擺脫不了的過去。

在這一年的最後一天，外面的天空漸漸暗了下來，陣陣的寒風吹過結霜的老舊石街。芙莉琪快步走著，拉緊著她的外套來抵擋寒風。那天傍晚，她依自己往年的慣例，只是為了去看看教會裡的狀況而參加了教會跨年夜的禮拜。今年參與的信眾不多，參加禮拜的人數也是一年比一年還少。佈道雖然簡短，不過牧師疲倦的聲音聽起來依舊堅定。他講述人類必然的死亡，傷心的過去，也規勸信眾要拒絕受到這個世界上無謂事物的干擾。信眾以蘇格蘭語齊唱著聖詩，單薄的聲音把一字一句像細小的線串聯著，傳送到屋頂上冰冷的橡架。

禮拜結束時，牧師說：「回家吧，為來年祈禱。你們一定要記得，這世界除了稍縱即逝的快樂外，沒有什麼了。」然後芙莉琪離開教堂。可是她感到不安，與其直接回家，她大步地穿過晶瑩剔透的城市街道，腳下笨重的皮靴踩著地上的結霜，發出像打擊樂一般的聲響。他突然聽到一陣歡愉的喧嘩。抬頭一看，金色的燈光從一間房子的窗戶溢出，歌聲與小提琴的樂音也伴隨著群眾叫囂的聲音傳到了街上。芙莉琪停在門前。她可以感受到屋內派對的律動，猶豫了一下，然後推開了門。當門打開時，他看到了佇立在大廳中間的椅子，似乎在歡迎，也像是在召喚著她。那一刻，她才了解原來這就是她來到這裡的原因。

芙莉琪一步跨過了房子的入口，從寒冷的黑夜進到了溫暖的室內。小提琴手們的弓突然在半空中靜止。喝著威士忌的女人們也愣住，酒杯還靠在她們擦了口紅的唇邊。舞者也停頓了下來。整個大廳連一個呼吸聲也沒有。芙莉琪穿著緊扣到脖子的外套，頂著被冰霜裝飾了的頭髮，靜靜地站在門口。

奶奶用充滿皺紋的雙手掩住她的嘴巴，以她沒有生氣的聲音對芙莉琪說：「妳...來啦。」

「是的。」

然後，因為沒有人去幫芙莉琪拿外套，所以她脫下外套，自己把它掛在門邊。她所有的動作都很細膩，很緩慢。在簡短的暫停之後，整個大廳又活了過來，如格紋般交織的喧鬧聲再度響起。小提琴手接續演奏他們的音樂，舞者們也繼續跳舞。不過不同的是，他們有時會用一種不確定的眼神看著這位剛到的訪客。

佇立在中央的空椅不知為何顯得格外沈重。像是為了這把椅子盡什麼責任一樣，芙莉琪大步地往它走去。她很清楚這個位子是留給她一個人的。她不慌不忙，小心翼翼地坐了下來，雙手十指交叉合掌在大腿上，然後挺直了她的背。

她遲疑了一下，然後伸出她的手，用手指輕輕地碰了玻璃杯緣。雖然派對已經在進行中，在場每個人看她的眼神讓她感受到一種不需言語傳達的質疑——你為什麼在這裡？你來這裡做什麼？

她心想，如果拿了酒，一定有人會借題發揮。倘若不拿，情況還是會一樣棘手。選擇就這樣迴盪著，像是在天上盤旋的紅鷹。

最後，芙莉琪很鎮定地說：「請給我一杯酒。」她接過酒杯，把它拿在手上。但是他沒有喝，而是高高舉起她的酒杯。她的這個動作不知為何又讓在場的每個人沈默了下來，轉向她，看著她坐在派對大廳中間那張椅子上。

芙莉琪說：「願來年是充滿恩典的一年！」

派對上的人突然歡聲雷動，把大廳裡原本緊張的氣氛像火爐上燕麥粥裡的糖一樣熔解了。 芙莉琪微微地笑了，然後放下她的酒杯。 根本沒有人注意到她連一滴酒也沒有沾。 這時，小提琴手開始演奏一首大家並不耳熟的樂曲，舞者也走到大廳的另一端去準備。

我奶奶站了起來，對著我揮了揮手， 請我幫她搬了一張椅子到芙莉琪座位的旁邊。臉上有點醉意的奶奶坐了下來，往芙莉琪靠了過去。「今晚能看到妳真是一個驚喜，」奶奶眨了眨眼，接著說「我還以為妳爸爸卡文不會允許妳出門，更何況現在都這麼晚了！」

芙莉琪又笑了一下，看一看現場每個人的笑臉，然後側著頭試著去聽在大廳內流傳的故事片段。 「沒有什麼不同的， 不是嗎？我們大家想要的， 不就是如此而已嗎？」

我奶奶笑著回答：「那你說大家要的究竟是什麼呢？」

「回到過去的時光。」

時鐘正好在此時敲了十二下。大廳裡的所有人歡喜若狂，開始歡呼，相互親吻及握手。但芙莉琪卻不為所動，除了臉上掛著那嘴角微微揚起的笑容。我奶奶伸手過去緊緊抓著她的手。

剎那間，芙莉琪想起了牧師說的話，「你們一定要記得，這世界除了稍縱即逝的快樂外， 沒有什麼了。」不過，在感受這個溫暖明亮屋子裡的氣氛後，她開始思考：牧師怎麼可以如此盲目？ 竟然沒有看到永恆是存在這個世界上的——它就在我們周遭的萬物裡。

大家狂歡作樂到隔天早晨。不過芙莉琪在午夜過後好一陣子才起身，點點頭向我的奶奶告別， 然後穿上她的外套，回到外面寂靜的夜裡。

除了從還沒散場的派對傳來微弱的聲音外，街道都已平靜。芙莉琪在刺骨的冷風中散步。在他腦海中交錯播放著那晚聽到各種的聲音： 唱聖詩時的慟哭聲，狂熱的小提琴聲，大廳裡的談笑聲，跳舞時鞋子發出的哐啷聲，及我奶奶的說話聲。

當芙莉琪走到教堂墓園時，她停下腳步。這時的教堂裡一片漆黑，鴉雀無聲，冰霜也把原本透亮的窗戶模糊了。 她呼著一團團的白霧，站在墓園裡一陣子。 然後轉身過去，繼續她的步程。

在屋子裡的賓客也在此時早已漸漸散去。我奶奶告知大家她要去睡了。之後,很快地賓客就全部離去。 剩下的只有佇立在大廳中央的那把空椅。

空椅仔

Elissa Hunter-Dorans
Translated by Kiú-kiong

　　1970年上尾的暗暝，A-la-pa的In-bo-nis這搭咧慶祝火把節（Hogmanay）。市內販厝著按呢活過來，一間一間相唊做伙，鬧熱頤頤，袂輸在地傳統格仔花紋遐活跳跳。絃仔跤個當咧用草地絃仔（Fiddle）挨民謠。眾人綴板嗦踏跤步，柴頭塗跤塊埃綴咧趖。逐家跳甲吱吱叫，聽著若成放煙火起五彩，人聲沖沖滾。遮足熱場，毋過大廳中央煞竪一隻空椅仔，若成牛皮佮柴頭做的人咧顧暝，無振動閣恬寂寂。從到今這隻椅仔無人去共動，嘛毋敢去共坐。逐年火把節阿媽攏會竪一隻椅仔了後講：「這是欲予自由教（An Eaglais Shaor）的。」著算無人聽有伊實際是欲講啥，阮猶是照伊講的做。

　　阮蹛彼隻椅仔那跳舞那講笑詼。

　　「我按算伊今年袂來囉，話頭講轉來，siáng知伊有影會來無？」阮阿母講甲家己咧笑，笑甲喙頓仔會紅。

　　阮老同學接咧講：「古早時自由教的善男信女，坐佇這隻椅仔，照人頭一个一个疊起哩，人濟甲上月娘閣轉來地球一逝呢！猶毋過啊，今料算是人少甲天篷嘛摸袂著。」阮笑甲反過，舞閣跳落去。

59

這隻椅仔成做阮迄年的傳統。這隻椅仔空空無人坐閣冷吱吱，古早禮教嚴肅彼陣賰落來的物仔。1970佮1980兩个時代交界，伊代表袂改變的文化，過去若鬼仔綴牢牢趕袂走。

這冬上尾一工，天色杳杳仔暗落去。石頭鋪做路面舊閣結霜，冷風吹無停。An-ni-khui-si-hu（An Eaglais Shaor）伊行甲足緊氣，烏裘仔換絚絚咧閘霜風。拄仔暗頭仔伊有去參加教會的迄年禮拜，逐年伊攏會去共看。這冬來禮拜的信徒無偌濟，參加禮拜的人是一冬比一冬較少，道理嘛無講蓋久。總是牧師講道的聲嗽帶堅心，煞嘛感覺著伊共道理捎甲真忝矣。伊講人百面會死，時間咧過無等人，苦勸信徒著愛追求正經有意義的代誌來奉獻，莫去沉迷世俗淺薄的快樂。信徒用Ka-likh話（Gàidhlig）唱聖歌，這歌聲一絲一絲幼幼輕輕，就按呢衝甲厝頂冷冷的楹仔。

禮拜煞鼓，牧師講：「緊來轉去為明年祈禱，咱愛會記哩，這世間著快樂歡喜一目𥍉仔著無，閣來著無影矣。」 就按呢An-ni-khui-si-hu離開教會，煞無照牧師所講的轉去厝裡，伊顛倒無閒chih-chih大步迵過，夜色光影若水晶的街仔路。重hoâi-hoâi的靴共塗跤冰雪踏甲噹噹叫。伊那行那聽著有人聲沖沖滾，擔頭看這舊販厝窗仔門咧擎金光，絃仔跤閣當咧挨民謠，眾人跳甲吱吱叫，吵甲外口街仔路嘛聽會著。An-ni-khui-si-hu徛咧門口躊躇，心肝綴音樂咧呸噗跳，叫伊著緊入去，門拍予開，連鞭看著大廳中央彼隻空椅仔若成咧歡迎伊，嘛若親像咧要求伊著愛到，這就是按怎伊hông引㤉到遮的原因。

伊迄過門口，對不止仔生冷的暗暝，行入來到厝內金暖閣燒烙。絃仔聲隨擋恬，絃仔弓仔嘛停咧向天。查某人欲灌威士忌，酒杯攑甲抹胭脂的喙脣邊仔就停矣。跳舞的人嘛停落來，規个大廳恬寂寂。An-ni-khui-si-hu裘仔鈕仔鈕甲領頸仔，頭鬃有霜雪做裝飾，人就徛咧門口遐無聲無說。

阿媽看著伊共喔一聲，敢若是驚一趒，一雙手若紙皺襞襞共喙掩咧，聲嗽死殗殗，「你來矣。」

「是矣。」An-ni-khui-si-hu允。

因為無人共伊案內，姑不將著家己褪裘仔，伊寬寬仔褪，門邊仔好禮仔掛好勢。恬落來有一睏仔久，大廳又閣鬧熱頣頣，袂輸傳統的格仔花紋閣咧活跳跳。絃仔跤接紲演奏大聲liáng，跳舞的嘛繼續跳落去，猶毋過氣氛小可仔無仝，個都真好玄這位拄仔來的人客，不時共伊影一下。

An-ni-khui-si-hu大伐行到空椅仔遐，彼張椅仔空空無人坐，親像責任遐沉重。伊知透透，這个位就是專工留予伊的。伊老神在在慎重坐loeh，一雙手十肢指頭仔交叉架佇大腿，尻脊骿thêng起來。

阮的阿叔倚近伊提酒共問：「欲啞一下無？」彼个阿叔是阮的麵線親，伊肩胛頭真闊，兩撇喙鬚略略仔白去。蠟燭光炤佇琥珀色的威士忌。

An-ni-khui-si-hu停一下，酒杯接落來，指頭仔捐杯仔墘，一喙就無啉。Pha-thì接紲落去，毋過伊肩胛頭目色揹甲真重，逐家好玄的目箭是無聲的考問：「你呔會佇遮？你來遮創啥？」

伊酒若食loeh定有歹孔，酒若無啉嘛著歹扭掰。食抑毋，這个問題袂輸紅鷹天頂拍箍飛。

落尾伊心肝掠在講：「好，我啉。」杯仔接loeh，手頭提咧，伊無隨啉煞共杯仔擇予懸，伊雄雄做這个動作予逐家閣恬去，人著看甲大廳正中央掠伊金金看。

An-ni-khui-si-hu講：「向望明年恩典滿滿。」

眾人聽著歡喜甲咻咻叫，本底氣氛足keng，今袂輸麥仔糜滾起來糖溶溶去。An-ni-khui-si-hu肉吻笑，杯仔放落來煞無人注意著伊一嘴都無啖，絃仔跤閣挨一款無熟似的新曲，跳舞的嘛著閣對舞台的這位跳甲彼位去。

阮阿媽徛起來共我擛手，愛我搬一隻椅仔，予伊坐佇An-ni-khui-si-hu邊仔。阮阿媽的面啉甲紅霓紅霓，坐好勢倚近伊講：「Eng暗看著你，我暢一趒，」伊瞴目一下接紲講：「我掠準怹老爸Khé-būn（Cailbhin）袂允你出門，閣較免講這馬足晏矣。」

An-ni-khui-si-hu又閣微微仔笑，就按呢伊看逐家笑頭笑面，伊頭敧敧，想beh掠大廳內四散的故事碎仔來聽。「阮敢有退爾仔無仝？咱人愛的毋就按呢爾？」

阮阿媽笑笑仔講：「你講看覓，咱人愛的是啥物？」

「親像較早仝款。」

現此時時鐘拄拄仔好翻點，大廳眾人起毛spring鈃，歡喜喝聲，相啍頓手。An-ni-khui-si-hu無動聲說，干焦文文仔笑。阮阿媽伸手共伊牽牢牢。

一霎仔伊想著牧師講的話：「咱愛會記哩，這世間著快樂歡喜一目瞤仔著無，閣來著無影矣。」伊感受著這家伙仔溫暖閣光明，伊智覺著，牧師敢是青盲？伊哪會無看著永世就佇咧咱人世間，永世的活命就佇咧咱人四箍圍仔。

逐家透暝痚迌迌，翻點了後過不止仔久An-ni-khui-si-hu才起身，共阮阿媽頕頭相辭，裘仔穿咧，行轉去恬靜的暗暝。

街仔路恬落來，賰一寡pha-thì猶未散場小可仔吵，An-ni-khui-si-hu杳杳仔行，喙頓仔副風會疼。這陣伊頭殼內所想所纏做伙的是eng暗聽著的聲，聖歌唱甲哀哀，草地絃仔挨甲熱狂，一儕伙仔親情朋友開講甲笑哈哈，人咧跳舞靴管踏甲khong-khong叫，阮阿媽所講的話。

An-ni-khui-si-hu行甲教堂的墓仔埔就停跤。教堂暗暝漠無聲說，透光的窗仔門結霜無清，伊倚一時仔久，喘氣結做雲烌，越頭起行做伊去。

今厝裡的人客咧散陣，阮阿媽正式講伊欲來睏矣，無偌久人客就散場，厝裡中央的空椅仔猶佇遐。

結尾註：A-la-pa的自由教

A-la-pa（Alba）是Ka-likh話，華語是蘇格蘭。An-ni-khui-si-hu（An Eaglais Shaor）是Ka-likh話，意思是自由教。1843年A-la-pa國教分裂，離開國教的人成立自由教，個主張國家袂當控制教會，號做自由教來表示個想欲宗教自由佮自治。自由教繼承Khé-būn主義（Calvinist）的神學思想，發展獨立的教會體系。

Tâi-gí

Khang Í-á

Elissa Hunter-Dorans
Translated by Kiú-kiong

1970 nî siāng-bóe ê àm-mê, A-la-pa ê In-bo-nis chit-tah leh khèng-chiok Hóe-pé-cheh (Hogmanay). Chhī-lāi hoàn-chhù tióh án-ne oáh kòe--lâi, chit keng chit keng sio kheh chò-hóe, nāu-jiȧt chhih-chhih, bē-su chhāi-tē thoân-thóng keh-á hoe-bûn hia oáh-thiàu-thiàu. Hiân-á-kha in tng-leh ēng chháu-tē-hiân-á (Fiddle) e bîn-iâu. Chèng-lâng tòe pán-liâu tȧh kha-pō͘, chhâ-thâu thô͘-kha eng-ia tòe leh tiô. Tȧk-ke thiàu kah ki-ki-kiò, thian-tióh nā sêng pàng-ian-hóe khí ngó͘-chhái, lâng sian chhiâng-chhiâng-kún. Chia chiok jiȧt-tiûn, m̄-koh tōa-thian tiong-ng soah chhāi chit-chiah khang í-á, nā sêng gû-phôe kap chhâ-thâu chò ê lâng leh kò͘-mê, bô tín-tāng koh tiām-chȧk-chȧk. Chêng-kàu-tan che chiah í-á bô-lâng khì kā tāng, mā m̄-kán khì kā chē. Tȧk-nî Hóe-pé-cheh a-má lóng ē chhāi chit-chiah í-á liáu-āu kóng: "Che sī beh hō͘ Chū-iû-kàu (An Eaglais Shaor)--ê," tióh-sǹg bô-lâng thian-ū i sit-chè sī beh kóng sián, goán iáu-sī chiàu i kóng ê chò.

Goán sėh hit chiah í-á ná thiàu-bú ná kóng-chhiò-khoe.

"Góa àn-sǹg i kin-nî bē lâi--lȯh, ōe-thâu kóng tńg--lâi, siáng chai i ū-ián ē-lâi bô?" Goán a-bó kóng-kah ka-tī leh chhiò, chhiò

64

kah chhùi-phóe -á ē âng.

Goán lāu tông-óh chiap leh kóng: "Kớ-chá-sî Chū-iû-kàu ê siān-lâm sìn-lú, chē tī chit-chiah í-á, chiàu lâng-thâu chit-ê chit-ê tháh khí lih, lâng chē kah chiūn goéh-niû koh tńg--lâi tē-kiû chit-chōa neh! Iáu m̄-koh--ah, tan liāu-sǹg sī lâng chió kah thian-pông mā bong bē-tióh." Goán chhiò kah péng-kòe, bú koh thiàu lóh-khì.

Che chiah í-á chiân-chò goán hān-nî ê thoân-thóng. Che chiah í-á khang-khang bô-lâng chē koh léng-ki-ki, kớ-chá lé-kàu giâm-siok hit-chūn chhun lóh-lâi ê mih-á. 1970 kap 1980 nńg-ê sî-tāi kau-kài, i tāi-piáu bē kái-piàn ê bûn-hòa, kòe-khì nā kúi-á tòe-tiâu-tiâu kóan bē cháu.

Chit tang siāng-bóe chit-kang, thin-sek táuh-táuh-á àm lóh-khì. Chióh-thâu phơ chò lō͘-bīn kū koh kiat sng, léng-hong chhoe bô-thêng. An-ni-khui-si-hu (An Eaglais Shaor) i kiân kah chiok kín-khùi, ơ hiû-á giú ân-ân leh cháh sng-hong. Tú á àm-thâu-á i ū khì chham-ka kàu-hōe ê hān-nî lé-pài, ták-nî i lóng ē khì kā khòan. Che tang lâi lé-pài ê sìn-tô͘ bô gōa-chē, chham-ka lé-pài ê lâng sī chit tang pí chit tang khah chió, tō-lí mā bô kóng kài kú. Chóng--sī bók-su káng-tō ê sian-sàu tài kian-sim, soah mā kám-kak-tióh i kā tō-lí phāin kah chin-thiám--ah. I kóng lâng pah-bīn ē sí, sî-kan leh kòe bô tán-lâng, khó͘-khǹg sìn-tô͘ tióh-ài tui-kiû chhèng-keng ū ì-gī ê tāi-chì lâi hông-hiàn, mài khì tîm-bê sè-siók chhián-póh ê khoài-lók. Sìn-tô͘ ēng Ka-likh-ōe (Gàidhlig) chhiùn sèng-koa, che koa-sian chit si chit si iù-iù khin-khin, tō án-ne chhèng kah chhù-téng léng-léng ê ên-á.

Lé-pài soah-kớ, bók-su kóng: "Kín lâi tńg--khì ui mê-nî kî-tó, lán ài ē kì-lih, chit sè-kan tióh khoài-lók hoan-hí chit-bák-nih-á tióh bô, koh-lâi tióh bô-ián--ah." Tō án-ne An-ni-khui-si-hu lī-khui kàu-hōe, soah bô-chiàu bók-su só͘-kóng--ê tńg--khì chhù-lih, i tian-tò bô-êng chih-chih tōa-pō͘ thàng-kòe, iā-sek kng-ián nā chúi-cheng ê ke-á-lō͘, tāng hoâi-hoâi ê hia kā thô͘-kha peng-soat tah kah tang-tang-kiò. I ná kiâⁿ ná thiaⁿ-tiòh ū lâng-siaⁿ chhiâng-chhiâng-kún, tàⁿ-thâu khòaⁿ che kū hoàn-chhù thang-á-mn̂g leh chhoah kim-kng, hiân-á-kha koh tng leh e bîn-iâu, chèng-lâng thiàu kah ki-ki-kiò, chhá kah gōa-kháu ke-á-lō͘ mā thiaⁿ ē tiòh. An-ni-khui-si-hu khiā leh mn̂g-kháu tiû-tû, sim-koaⁿ tòe im-gák leh phih-phòk-thiàu, kiò i tiòh kín jip-khì, mn̂g phah hō͘ khui, liâm-mi khòaⁿ-tiòh tōa-thiaⁿ tiong-ng hit chiah khang í-á nā sêng leh hoan-gêng i, mā nā chhin-chhiūⁿ leh iau-kiû i tiòh-ài kàu, che tiō-sī án-chóaⁿ i hông ín-chhōa kàu chia ê goân-in.

I hāⁿ kòe mn̂g-kháu, tùi put-chí-á chheⁿ-léng ê àm-mê, kiâⁿ jip-lâi kàu chhù-lāi kim-loán koh sio-lō. Hiân-á siaⁿ sûi tòng-tiām, hiân-á keng-á mā thêng leh hiòng-thiⁿ. Cha-bó͘-lâng beh koàn ui-sū-kī, chiú-poe giàh kah boah ian-chi ê chhùi-tûn piⁿ-á tō thêng--ah. Thiàu-bú ê lâng mā thêng lòh-lâi, kui ê tōa-thiaⁿ tiām-chèk-chèk. An-ni-khui-si-hu hiû-á liú-á liú kah ām-kún-á, thâu-chang ū sng-soat chò chong-sek, lâng tō khiā leh mn̂g-kháu hia bô-siaⁿ-bô-soeh.

A-má khòaⁿ-tiòh i kā o͘h chit-siaⁿ, kán-ná-sī kiaⁿ-chit-tiô, chit siang-chhiú nā chóa jiâu-phé-phé kā chhùi om leh, siaⁿ-sàu sí-giān-giān: "Lí lâi--ah."

"Sī--ah." An-ni-khui-si-hu ín.

In-ūi bô-lâng kā i àn-nāi, ko͘-put-chiòng tiòh ka-tī thǹg hiû-á, i khoaⁿ-khoaⁿ-á thǹg, mn̂g piⁿ-á hó-lé-á kòa hó-sè. Tiām lòh-lâi ū chit-khùn-á kú, tōa-thiaⁿ iû-koh nāu-jiàt chhih-chhih, bē-su thoân-thóng ê keh-á hoe bûn hiah oàh-thiàu-thiàu. Hiân-á-kha chiap-sòa ián-chàu tōa-siaⁿ liáng, thiàu-bú ê mā kè-siòk thiàu lòh-khì, iáu-m̄-kò khì-hun sió-khóa-á bô-kâng, in to chin hòⁿ-hiân chit-ūi tú á lâi ê lâng-kheh, put-sî kā i iáⁿ-chit-ē. An-ni-khui-si-hu tōa-hoàh kiâⁿ-kàu khang í-á hia, hit tiuⁿ í-á khang-khang bô-lâng chē, chhin-chhiūⁿ chek-jîm hia tîm-tāng. I chai-thàu-thàu, chit-ê ūi tiō-sī choan-kang lâu hō͘ i ê. I lāu-sîn chhāi-chhāi sīn-tiōng chē loeh, chit siang-chhiú chàp ki chéng-thâu-á kauchhe khòe tī tōa-thúi, kha-chiah-phiaⁿ thêng khí-lâi.

Goán ê a-chek óa-kīn i, thê chiú kā mñg: "Beh cháp chit-ē bô?" Hit-ê a-chek sī goán ê mī-sòaⁿ-chhin, i keng-kah-thâu chin khoah, nñg phiat chhùi-chhiu liòh-liòh-á péh khì. Láh-chek kng chhiō tī hó·-phek sek ê ui-sū-kī.

An-ni-khui-si-hu thêng chit-ē, chiú-poe chiap lòh-lâi, chéng-thâu-á sàu poe-á kîⁿ, chit-chhùi tō bô lim. Pha-thì chiap sòa-lòh-khì, m̄-koh i keng-kah-thâu bák-sek phāiⁿ kah chin tāng, ták-ke hòⁿ-hiân ê bák-chìⁿ sī bô-siaⁿ ê khó-mñg: "Lí thài ē tī-chia? Lí lâi chia chhòng-siáⁿ?"

I chiú nā chiáh loeh tiāⁿ ū pháiⁿ-khang, chiú nā-bô lim mā-tiòh pháiⁿ-liú-lák. Chiáh iáh m̄, chit-ê būn-tê bē-su âng-eng thiⁿ-téng phah-kho· poe.

Lòh-bóe i sim-koaⁿ liáh-chāi kóng: "Hó, góa lim." Poe-á chiap loeh, chhiú-thâu thê leh, i bô sûi lim soah kā poe-á giáh hō· koân, i hiông-hiông chò chit-ê tōng-chok hō· ták-ke koh tiām-khì, lâng tiòh khòaⁿ kah tōa-thiaⁿ chiàⁿ-tiong-ng liáh i kim-kim-khòaⁿ.

An-ni-khui-si-hu kóng: "Ǹg-bāng mê-nî un-tián móa-móa."

Chèng-lâng thiaⁿ-tiòh hoaⁿ-hí kah hiu-hiu-kiò, pún-té khì-hun chiok keng, taⁿ bē-su béh-á môe kún-khí--lâi thñg iûⁿ-iûⁿ-khì. An-ni-khui-si-hu bah-bún-chhiò, poe-á pàng lòh-lâi soah bô-lâng chù-ì tiòh i chit chhùi to bô tam, hiân-á-kha koh e chit-khoán bô sék-sāi ê sin khiok, thiàu-bú ê mā-tiòh koh tùi bú-tâi ê chit-ūi thiàu kah hit-ūi khì.

Goán a-má khiā-khí-lâi kā góa iàt-chhiú, ài góa poaⁿ chit-chiah í-á, hō· i chē tī An-ni-khui-si-hu pîⁿ-á. Goán a-má ê bīn lim kah âng-gê âng-gê, chē hó-sè óa-kīn i kóng: "Eng àm khòaⁿ-tiòh lí, góa thiòng-chit-tiô," i nih-bák chit-ē chiap-sòa kóng: "Góa liáh-chún lín lāu-pē Khé-būn (Cailbhin) bē ín lí chhut-mñg, koh-khah bián-kóng chit-má chiok òaⁿ--ah."

An-ni-khui-si-hu iū-koh bî-bî-á chhiò, tō án-ne i khòaⁿ ták-ke chhiò-thâu-chhiò-bīn, i thâu khi-khi, siūⁿ beh liáh tōa-thiaⁿ lāi sì-sòaⁿ ê kò·-sū chhùi-á lâi thiaⁿ. "Goán káⁿ-ū hia-ni-á bô-kāng? Lán-lâng ài ê m̄-tō án-ne niā?"

Goán a-má chhiò-chhiò-á kóng: "Lí kóng khòaⁿ-māi, lán-lâng ài ê sī siáⁿ-mih?"

"Chhin-chhiūⁿ khah chá kāng-khoán."

Hiān-chhú-sî sî-cheng tú-tú-á-hó hoan-tiám, tōa-thiaⁿ chèng-lâng khí-mơ spring giang, hoaⁿ-hí hoah-siaⁿ, sio-chim tùn-chhiú. An-ni-khui-si-hu bô-tāng siaⁿ-soeh, kan-na bûn-bûn-á chhiò. Goán a-má chhun chhiú kā i khan-tiâu-tiâu.

Chit-tiap-á i siūⁿ-tiòh bòk-su kóng ê ōe: "Lán ài ē kì--lih, chit sè-kan tiòh khòài-lòk hoaⁿ-hí chit-bák-nih-á tiòh bô, koh-lâi tiòh bô-iáⁿ--ah." I kám-siū-tiòh che ke-hóe-á un-loán koh kong-bêng, i tì-kak tiòh, bòk-su káⁿ-sī chheⁿ-mê? I ná ē bô khòaⁿ-tiòh éng-sè tō tī leh lán-lâng sè-kan, éng-sè ê oàh-miā tō tī leh lán-lâng sì-khơ-ûi-á.

Tàk-ke thàu-mê siáu chhit-thô, hoan-tiám liáu-āu kòe put-chí-á kú An-ni-khui-si-hu chiah khí-sin, kā goán a-má tìm-thâu sio-sî, hiû-á chhēng leh, kiâⁿ tńg--khì tiām-chēng ê àm-mê.

Ke-á-lơ tiām lòh-lâi, chhun chit-kóa pha-thì iáu-bōe sòaⁿ-tiūⁿ sió-khóa-á chhá, An-ni-khui-si-hu tàuh-tàuh-á-kiâⁿ, chhùi-phóe-á khau-hong ē thiàⁿ. Chit-chūn i thâu-khak-lāi sớ siūⁿ sớ tîⁿ chò-hóe ê sī eng-àm thiaⁿ-tiòh ê siaⁿ, sèng-koa chhiùⁿ kah ai-ai, chháu-tē-hiân-á e kah jiàt-kông, chit ke-hóe-á chhin-chiâⁿ pêng-iú khai-káng kah chhiò-hai-hai, lâng leh thiàu-bú hia-kóng tàh kah khong-khong-kiò, goán a-má sớ kóng ê ōe.

An-ni-khui-si-hu kiâⁿ kah kàu-tông ê bōng-á-pơ tō thêng kha. Kàu-tông àm-mî-bòk bô-siaⁿ-soeh, thàu-kng ê thang-á-mn̂g kiat-sng bô chheng, i khiā chit-sî-á-kú, chhoán-khùi kiat chò hûn-ang, oàt-thâu khí-kiâⁿ chò i khì.

Taⁿ chhù-lih ê lâng-kheh leh sòaⁿ-tiūⁿ, goán a-má chhèng-sek kóng i beh lâi khùn--ah, bô-gōa-kú lâng-kheh tō sòaⁿ-tiūⁿ, chhù-lih tiong-ng ê khang í-á iáu tī hia.

ELISSA HUNTER-DORANS

Kiat-bóe chù: A-la-pa ê Chū-iû kà

A-la-pa (Alba) sī Ka-likh ōe, Hôa-gí sī Sūgélán. An-ni-khui-si-hu
(An Eaglais Shaor) sī Ka-likh ōe, ì-sù sī chū-iu-kàu. 1843 nî A-la-pa
kok-kàu hun-liát, lī-khui kok-kàu ê lâng sêng-lip chū-iu-kàu, in
chú-tiuⁿ kok-ka bē-tàng khòng-chè kàu-hōe, hō-chò chū-iu-kàu lâi
piáu-sī in siūⁿ-beh chong-kàu chū-iû kah chū-tī. Chū-iu-kàu kè-
sêng Khé-būn chú-gī (Calvinist) ê sîn-hák su-sióng, hoat-tián tók-
lip ê kàu-hōe thé-hē.

Kiú-kiong

Taiwan

台語

〈4：44：44〉

Kiú-kiong

我咧捷運車箱，手機仔共抑，時間下晡四點四十四分。

我雄雄精神過來。眯一下電子亂鐘，拄拄仔好是四點四十四分四十四秒。若拄好看著一排相全的數字，聽講這號做「天使數字」，是上天欲報予人知的消息。

這是一个兆頭，毋過彼陣我猶閣啥物攏毋知，毋知是按怎佇這个烏暗暝清醒甲。

一排四排做伙，我看甲花花讀攏無，敢若真生份，數字變做一枝一枝刀仔。

我掠準講人睏落眠，若成生出一粒大粒泡共人包起來，夢裡烏暗無底，偌爾仔安穩平靜。人若欲精神，袂輸有一枝刀仔共泡黜予破，lak落來現實。

我去便所，一肢跤閣踏佇夢內底，磚仔地若竹篙橋尥咧尥咧，干焦精神轉來爾。我坐佇馬桶加減放，放尿了後人敢若較好睏。

天猶未光，暝時睏甲一半精神上討厭，好好的睏眠破破去，這馬起來嫌傷早，欲睏閣睏袂去。

73

喙足焦，倒落去無偌久閣跙起來啉水。人真忝，頭殼煞真醒，水啉傷濟閣欲便所，來來回回幾若逝，睏毋成睏，醒毋成醒。

十二點翻點就算今仔日矣，暗頭仔學姊招我食飯。

出業了後有來往的朋友，大部份是同齊讀文學的大學同學，查某較濟，查埔罕得看著。有同學共我講，伊若是查埔，in厝內人應該就袂予伊讀文科啊。

我忍牢莫去撋手機仔看允頭路的APP。想著學姊，in兜本底著好額，無欠伊這副碗箸，伊毋捌寫履歷，安閑度日，逐工讀冊做伊歡喜的代誌。伊叫是我嘛免操煩，無工課嘛無要緊。

我為著佮伊見面去鉸頭鬃，換一個新造型人看起來較有精神。

正常生活，要逐工耐心重複：食飯、洗喙、洗身軀佮睏，用心滋養家己。有時仔人會貧惰做。

進前敲電話佮朋友開講，咱講甲足歡喜的，親像以早按呢，欲掛電話彼陣伊共我講：「我三工無洗身軀，頭鬃油lah-lah，做中國結做甲親像著猴，毋知食毋知睏，我欲按怎才好咧？」伊予我學著，閣較貧惰嘛愛照顧家己，正常過生活，無會予人當做起痟。

我寬寬仔睏去，閣醒過來著日頭罩矣，中晝食一下。三點半好去畫妝換衫，四點出門。

我過斡角，有一個阿伯藏佇遐，我掔一趒規个人倒退攄，走去對面街仔。伊覕佇斡角的所在，無斡過去著看袂著。

伊神情自在，腹肚一大箍，烏毛下跤有一肢垂落去。

阿伯伊赤體徛佇遐，親像有穿衫遐正常。我斟酌看，伊啥物攏無做，嘛啥物攏無紮，免煩惱伊攑刀仔刣人。

過路人細聲講痟的，歹年冬厚痟人。逐家看著阿伯褪裼裼，煞若無看著做伊行過去。

一台警車停佇路邊，但是車仔內無人，路裡嘛無看著警察。我繼續去捷運站,心內想人愛起痟遮簡單,無穿衫就好。

拄著痟的小延一下,佮siăn-pái會面強欲袂赴啊。

緊欲到捷運站矣。有一个阿婆共我借話,伊問:「Youbike佇toeh?」

跤踏車百面佇捷運站邊仔,我陪阿婆行過去。伊呵咾我人真好心,陪老阿婆揣路。

「阿妹仔,我看你是單純善良的查某囡仔,毋才報予你。」阿婆對大揹仔內揀出《捷運刣人事件備忘錄》,A4大細印甲親像碩士論文咧,厚厚一本。

伊掀開頭一頁大聲唸:「第一條,千萬毋通佇公共場所睏--去。第二條,四箍圍仔愛注意,所有的人攏有可能傷害著你,你嘛有可能傷害著家己。」

阿婆伊清氣閣好禮。伊講的話,予我強欲分袂出來伊是正常人抑是痟的。

伊送我這本冊,愛我讀予真。我那掀心內那著急。內面敢若寫甲真有道理,煞全是阿婆編的話,伊纏著我無欲予我走,愛我這馬千萬毋通坐捷運。我安搭阿婆講我會乖乖聽伊的話,越頭就傱入去捷運站,毋管阿婆佇我後壁喝甲偌大聲。我走甲月台,拄拄仔好坐著車,車仔內人有夠僫。

頭前的少年人,伊向坐咧睏去的人腹肚摵一刀。伊看起來正常閣清氣的款,手頭刀仔攑咧紅血活活滴。

我手機仔掖予開欲報警,時間拄拄仔好是下晡四點四十四分。

75

Tâi-gí

4 : 44 : 44

Kiú-kiong

Góa leh chiảt-ūn chhia-siuⁿ, chhiú-ki-á kā chhih, sî-kan sī ē-poˑ sì tiám sì chảp sì hun.

Góa hiông-hiông cheng-sîn kòe--lâi. Bî chit-ē tiān-chú loān-cheng, tú-tú-á-hó sī sì-tiám sì-chap sì-hun sì-chap sì-bió. Nā tú hó khòaⁿ-tiỏh chit pâi sio-kāng ê sò˙-jī, thiaⁿ-kóng che hō-chò, "thiⁿ-sài sò˙-jī," sī siōng-thian beh pò hō˙-lâng chai ê siau-sit.

Che sī chit-ê tiāu-thâu, m̄-koh hit-chūn góa iáu-koh siáⁿ-mih lóng m̄ chai, m̄ chai sī án-chóaⁿ tī chit-ê o˙-àm-mê chheng-chhéⁿ kah.

Chit pâi sì pâi chò-hóe, góa khòaⁿ kah hoe-hoe thảk lóng bô, káⁿ-ná chin chheⁿ-hūn, sò˙-jī piàn-chò chit-ki chit-ki to-á.

Góa liảh-chún kóng lâng khùn-lỏh-bîn, nā sêng seⁿ-chhut chit liảp tōa liảp pho kā lâng pau khí-lâi, bang--lih o˙-àm bô té, gōa-nī á an-ún pêng-chēng. Lâng nā-beh cheng-sîn, bē-su ū chit-ki to-á kā pho thuh hō˙ phòa, lak lỏh-lâi hiān-sit.

Góa khì piān-só˙, chit ki kha koh tảh tī bāng lāi-té, chng-á tē nā tek-ko kiô sìm leh sìm leh, kan-na cheng-sîn tńg--lâi niā. Góa chē

76

tī bé-tháng ke-kiám pàng, pàng-jiō liáu-āu lâng kán-ná khah-hó khùn.

Thiⁿ iáu-bōe kiuⁿ, mê--sî khùn kah chit-pòaⁿ cheng-sîn siāng thó-ià, hó-hó ê khùn-bîn phòa-phòa khì, chit-má khí-lâi hiâm siuⁿ-chá, beh khùn koh khùn-bē-khì.

Chhùi chiok ta, tó lòh-khì bô gōa kú koh peh khí-lâi lim chúi. Lâng chin thiám, thâu-khak soah chin chhéⁿ, chúi lim siuⁿ-chē koh-beh piān-só, lâi-lâi-hôe-hôe kúi-nā chōa, khùn m̄-chiâⁿ khùn, chhéⁿ m̄-chiâⁿ chhéⁿ.

Cháp-jī tiám hoan-tiám tiō-sǹg kin-á-jit--ah, àm-thâu-á hàk-chí chio góa chiàh-pn̄g.

Chhut-giáp liáu-āu ū lâi-óng ê pêng-iú, tāi-pō·-hūn sī tâng-chê thàk bûn-hàk ê tāi-hàk tông-òh, cha-bó· khah-chē, cha-po· hán-tek khòaⁿ-tiòh. Ū tông-òh kā góa kóng, i nā-sī cha-po·, in chhù-lāi-lâng eng-kai tō bē hō· i thàk bûn-kho--ah.

Góa jím tiâu mài khì póe chhiú-ki-á khòaⁿ ín-thâu-lō· ê APP. Siūⁿ tiòh hàk-chí, in tau pún-té tiòh hó-giàh, bô-khiàm i chit hù óan-tī, i m̄-bat siá lí-lèk, an-hân tō·-jit, tàk-kang thàk-chheh chò-i hoaⁿ-hí ê tāi-chì. I kiò-sī góa mā m̄-bián chhau-hoân, bô kang-khòe mā bô-iàu-kín.

Góa ūi-tiòh kap i kìn-bīn khì ka thâu-chang, ōaⁿ chit-ê sin chō-hêng lâng khòaⁿ-khí-lâi khah ū cheng-sîn.

Chèng-siông seng-oàh, ài tàk-kang nāi-sim tiông-hòk: chiàh-pn̄g, sé-chhùi, sé-sin-khu kap khùn, iōng-sim chu-ióng ka-tī. Ū-sî-á lâng ē pîn-tōaⁿ chò.

Chìn-chêng khà tiān-ōe kap pêng-iú khai-káng, lán kóng-kah chiok hoaⁿ-hí--ê, chhin-chhiūⁿ í-chá án-ne, beh kòa tiān-ōe hit-chūn i kā góa kóng: "Góa saⁿ-kang bô sé-sin-khu, thâu-chang iû lah-lah, chò tiong-kok-kiat chò kah chhin-chhiūⁿ tiòh-kâu, m̄ chai chiàh m̄ chai khùn, góa beh án-chóaⁿ chiah hó leh?" I hō· góa òh-tiòh, koh-khah pîn-tōaⁿ mā ài chiàu kò·-ka-kī, chèng-siông kòe seng-oàh, bô ē hō·-lâng tòng-chò khí-siáu.

Góa khoaⁿ-khoaⁿ-á khùn khì, koh chhéⁿ-kòe-lâi tiòh jit-thâutàu--ah, tiong-tàu chiảh chit-ē. Saⁿ tiám-pòaⁿ hó khì ōe-chng ōaⁿ-saⁿ, sì tiám chhut-mn̂g.

Góa kòe oat-kak, ū chit-ê a-peh chhàng tī hia, góa chhoah-chit-tiô kui-ê lâng tò-thè-lu, cháu khì tùi-bīn ke-á. I bih tī oat-kak ê só͘-chāi, bô oat kòe-khì tiỏh khòaⁿ bē-tiỏh.

I sîn-chêng chū-chāi, pak-tó͘ chit tōa-kho͘, o͘-mo͘ ē-kha ū chit ki sûi lỏh-khì.

A-peh i chhiah-thé khiā tī hia, chhin-chhiūⁿ ū chhēng saⁿ hia chèng-siông. Góa chim-chiok khòaⁿ, i siáⁿ-mih lóng bô chò, mā siáⁿ-mih lóng bô chat, bián hoân-ló i giảh to-á thâi lâng.

Kòe-lō͘-lâng sè-siaⁿ kóng siáu--ê, pháiⁿ-nî-tang kāu-siáu-lâng. Tảk-ke khòaⁿ-tiỏh a-peh thn̂g-theh-theh, soah nā-bô khòaⁿ-tiỏh chò-i kiâⁿ kòe-khì.

Chit tâi kéng-chhia thêng tī lō͘-piⁿ, tān-sī chhia-á lāi bô-lâng, lō͘--lí mā bô khòaⁿ-tiỏh kéng-chhat. Góa kè-siỏk khì chiảt-ūn-chām, sim-lāi siūⁿ lâng ài khí-siáu chia kán-tan, bô chhēng saⁿ tō hó.

Tú-tiỏh siáu--ê sió chhiān chit-ē, kap siān-pái hōe-bīn kiông-beh bē-hù--ah.

Kín beh kàu chiảt-ūn-chām--ah. Ū chit-ê a-pô kā góa chioh-ōe, i mn̄g: "Youbike tī toeh?"

Kha-tảh-chhia pah-bīn tī chiảt-ūn-chām piⁿ-á, góa pôe a-pô kiâⁿ kòe-khì. I o-ló góa lâng chin hó-sim, pôe lāu-a-pô chhōe lō͘.

"A-mōe-á, góa khòaⁿ lí sī tan-sûn siān-liông ê cha-bó͘-gín-á, m̄-chiah pò hō͘ lí." A-pô tùi tōa phāiⁿ-á lāi sak chhut 《Chiảt-ūn thâi lâng sū-kiāⁿ pī-bōng-lỏk》, A4 tōa-sè ìn kah chhin-chhiūⁿ sẻk-su lūn-bûn leh, kāu kāu chit pún.

I hian-khui thâu chit iảh tōa-siaⁿ liām: "Tē-it liâu, chhian-bān m̄-thang tī kong-kiōng tiûⁿ-só͘ khùn-- khì. Tē-jī liâu, sì-kho͘-ûi-á ài chú-ì, só͘-ū ê lâng lóng ū khó-lêng siong-hāi tiỏh lí, lí mā-ū khó-lêng siong-hāi tiỏh ka-tī."

A-pô i chheng-khì koh hó-lé. I kóng ê ōe, hō͘ góa kiông-beh hun bē chhut-lâi i sī chèng-siông lâng iảh-sī siáu--ê.

I sàng góa chit pún chheh, ài góa thảk hō͘ chin. Góa ná hian

sim-lāi ná tioh-kip. Lāi-bīn kám-ná siá kah chin ū tō-lí, soah choân-
sī a-pô pian ê ōe, i tīⁿ tioh góa bô-beh hō͘ góa cháu, ài góa chit-má
chhian-bān m̄-thang chē chiat-ūn. Góa an-tah a-pô kóng góa ē
koai-koai thiaⁿ i ê ōe, oat-thâu tō chông jip-khì chiat-ūn-chām, m̄-
koán a-pô tī góa āu-piah hoah kah gōa tōa-siaⁿ. Góa cháu kah goeh-
tâi, tú-tú-á-hó chē tioh chhia, chhia-á lāi lâng ū-kàu kheh.

Thâu-chêng ê siàu-liân-lâng, i hiòng chē leh khùn khì ê lâng
pak-tó͘ chīⁿ chit-to. I khòaⁿ-khí-lâi chèng-siông koh chheng-khì ê
khoán, m̄-kò i to-á giah leh âng-hoeh chhap-chhap-tih.

Góa chhiú-ki-á chhih hō͘ khui beh pò-kéng, sî-kan tú-tú-á-hó
sī ē-po͘ sì-tiám sì-cháp sì-hun.

華語

〈4：44：44〉

Kiú-kiong
Translated by Naomi Sím

　　我在捷運車廂,滑開手機,時間顯示下午四點四十四分。

　　我忽然醒過來。瞄一眼電子時鐘,剛好是四點四十四分四十四秒。我夢到十二小時後的時間。若剛好看到一排同樣的數字,聽說這被稱做「天使數字」,是上天要傳達給人的訊息。

　　這是一個兆頭,但是那時我還什麼都不知曉,不曉得怎麼會在這黑夜中如此醒來。

　　一排四擺在一起,讓我兩眼昏花看不太懂,感到很陌生,數字變成一把一把的刀子。

　　我以為人若睡著,會有一顆大泡泡把人包圍起來,浸在烏黑不見底的夢中世界,多麼地安穩平靜。人如果快醒來時,就像有一把刀將泡泡戳破,掉落回現實。

　　我去廁所,一隻腳還踏在夢中,磚造地面像竹竿橋上下晃動,只有精神回來而已。我坐在馬桶上多少尿一點,尿完後人好像就會比較好睡。

　　天還未亮,最討厭在睡覺時間醒來,好好的睡眠被破壞，現在起來嫌太早，要睡又睡不著。

我口很渴，躺下去沒多久又爬起來喝水。人很疲倦，腦子卻很清醒，水喝太多又想要上廁所，來來回回好幾趟，既睡不沉又醒不清。

過了凌晨十二點就算是今天了，學姊約我在傍晚吃飯。

出社會後有往來的朋友，大部分是大學一起讀文學的同學，都是女的。有同學跟我說，她如果是男的，她家裡應該就不會讓她讀文科了。

我忍不住滑手機點開找工作的APP。想到我學姊，她家本來就有錢，不差她這副碗筷，學姊她不曾寫過履歷，悠哉度日，每天讀書做自己喜歡的事。她要我不用煩惱，沒有工作也沒關係。

我為了和她見面去剪頭髮，換一個新造型人看起來比較有精神。

正常生活，需要每日耐心重複：吃飯、刷牙、洗澡和睡覺，用心滋養自己。有時人會懶得做。

之前打電話和朋友聊天，我們聊到很高興，就像以前那樣，要掛電話時，她跟我說：「我三天沒洗澡了，頭髮油膩膩的，做中國結做到像中邪一樣，不吃飯也不睡覺，我該怎麼辦才好呀？」她讓我學到，再懶惰也要先照顧自己，正常過生活，不然會被別人當作瘋子。

我緩緩地陷入睡眠，再醒來時已經是中午了，簡單吃了午餐。三點半該去化妝換衣服了，四點出門。

我走過轉角，有一個阿伯藏在那邊，我嚇了一跳，倒退跑到對面的街道。他躲在轉角處，沒轉過去是看不見他的。

他神情自在，肚子一大坨，黑毛欉下有一根垂著。

阿伯裸體站在那，像是平常有穿衣服一般。我仔細看他什麼都沒做，也什麼都沒拿，不用煩惱他拿刀殺人。

路人們細語說有瘋子，景氣不好怪人特別多。大家看著裸身的阿伯，卻當作沒看到一樣從他身旁走過去。

　　一台警車停在路邊，但車上沒人，路上也沒看到警察。我繼續往捷運站走去，心裡想著人要發瘋真簡單，只要不穿衣服就是了。

　　遇到瘋子耽擱了一下，就要趕不及和學姊見面了。

　　快到捷運站時，有一個阿婆問我：「Youbike在哪裡？」

　　腳踏車百分之百在捷運站旁邊，我陪阿婆走過去。她稱讚我人真好心，陪老阿婆找路。

　　「阿妹仔，我看妳是單純善良的女孩子，這才跟妳說。」阿婆從大背包裡拿出《捷運殺人事件備忘錄》，A4大小，印得簡直像碩士倫文，厚厚一本。

　　她掀開第一頁大聲唸：「第一條，千萬不可以在公共場所睡著。第二條，注意四周的人，任何人都有可能傷害妳，妳也有可能傷害自己。」

　　阿婆外表乾淨、舉止有禮。她說的話，我幾乎分不出她到底是正常人還是瘋子。

　　她送我這本書，要我好好讀。我邊翻邊在心裡著急。裡面好像寫得頭頭是道，但全都是阿婆編的話，她纏著不讓我走，要我現在千萬不可以去搭捷運。我安撫阿婆說我會乖乖聽她的話，轉頭就跑進捷運站，不管阿婆在我後面喊得多大聲。我跑到月台，正好搭上車，車內擠沙丁魚。

　　我前方的年輕人，往椅子上睡著的乘客肚子捅了一刀。他外表看起來正常又整潔，但是他手上握的刀鮮血滴答落。

　　我按開手機螢幕想報警，時間剛剛好是下午四點四十四分。

English

4 : 44 : 44

Kiú-kiong
Translated by Will Buckingham

In the MRT car, I opened up my phone. The time showed four forty-four in the afternoon.

I suddenly came to my senses, squinting at the alarm clock. It was exactly four o'clock, forty-four minutes and forty-four seconds. If you happen to see numbers like this, they're called angel numbers, and it means the heavens are trying to send you some kind of message.

It was an omen, but back then, I didn't know anything. I didn't know why I'd woken up in the middle of the dark night, a row of wavering fours, my vision so blurry I could barely read them. Everything seemed strange, unfamiliar. One by one, the numbers transformed into knives.

I suppose you could say that when people fall asleep, it is as if they are wrapped up in a great bubble, steeped in a bottomless world of nocturnal dreaming, so calm and peaceful. And when we wake, it's like a knife has burst the bubble, dropping us back into reality.

I went to the bathroom, one foot still stepping through my dreams. The tiled floor beneath me swayed like a bridge made of bamboo poles, and only then did I properly come to my senses. I sat down for a piss, and wondered if after pissing I would sleep better.

The sky was not yet light. I hated being awake at night, a good night's rest ruined. Now I was awake far too early, unable to get back to sleep. Soon after lying down, my mouth was dry, so I got up again to drink some water. I was exhausted, but my mind was completely alert, and I drank so much water I had to keep going to the bathroom, back and forth, over and over again. I was dead tired, but just couldn't fall asleep. The clock passed midnight, and it was a new day. That evening, my senior classmate had invited me to dinner.

After graduating, most of the friends I kept in touch with were fellow students I'd studied literature with, the majority of them women—only very few boys studied humanities. One classmate told me that if she had been a boy, her family would not have let her study humanities.

I resisted the urge to open up my phone and look at the jobs app. I thought of the classmate I was meeting later. Her family had always been well-off, and she didn't lack for anything. She had never written a CV, and she spent her days taking it easy, just reading books, and doing exactly as she pleased. She told me not to worry—if I didn't have a job, it wasn't a problem.

Because of our date, I had gone to get a haircut. I changed my hairstyle, so I looked a bit more alert. Just living a normal life requires a daily renewed patience: eating, cleaning your teeth, showering, sleeping, taking care of how you look after yourself. Sometimes, I just can't be bothered.

I'd also called up a friend on the phone to talk. I was so happy to speak to her, it was like the old days. When she was about to hang up, my friend said to me, "I haven't showered for three days, my hair is a greasy mess, I spend my days making Chinese knots, like I'm a monkey. I don't know how to feed myself or how to sleep properly... how can I sort myself out?" She taught me that no matter how much you can't be bothered to look after yourself, you still need to live a normal life, so other people won't think you've lost it.

I eventually fell asleep and slept soundly, and when I woke up it was midday. I ate a simple lunch. At half past three, I put on makeup and changed my shirt, then at four I left the house.

When I passed the corner, I saw an old man lurking about. I shrunk back a step and then crossed over to the other side of the street. He was partially hidden, and if you didn't turn the corner, you wouldn't notice him at all.

The man seemed relaxed, his belly huge, his cock hanging down from a tangle of dark pubic hair. He was standing there naked, but it somehow seemed as if he was dressed normally. I watched him carefully. He wasn't doing anything in particular, wasn't carrying anything, so I didn't have to worry about him wielding a knife and killing anyone.

People passed by, whispering that he was a lunatic. "Such hard times, and such a crazy guy!" Everyone who saw the naked man just rushed past, as if they had not seen him at all.

A police car was parked across the road, but there was no one inside, nor could I see any police officers in the street. I continued on to the MRT station, thinking how easy it was to go mad. You just have to take off your clothes.

Running into the crazy guy had delayed me a bit, and now I'd be late meeting with my classmate. As I was about to arrive at the MRT station, an old woman stopped me. "Where is the YouBike stand?" she asked.

There were bicycles everywhere next to the MRT, so I led the old woman across the road to them. She praised me for my kindness in helping her. "Little sister, I can see that you are pure and kind-hearted, so there's something I'm going to tell you." The old woman pulled a document out of her backpack—*MRT Murder Incident Memorandum*. It was printed in A4 size, as thick as a master's thesis. She opened up the first page and read out loud. "Rule number one: never fall asleep in public. Rule number two: watch out for those who are around you. Everyone has the potential to hurt you. You even have the potential to hurt yourself."

The old woman was well-turned out and polite. But from her words, I could not make out whether she was just a normal person or whether she was crazy. She gave me the document and asked me to read it carefully. I flipped through the pages, more and more anxious about the time. What was written in the document seemed true. It seemed to make sense. But at the same time, it was just some words written by an old woman. She kept haranguing me, not wanting to let me go, telling me I must not, at any cost, take the MRT. I placated the old woman, saying I would do what she told me, but then I turned round and dashed into the MRT station, despite the old woman yelling after me. I walked down to the platform, and as soon as I got on the train, I saw it was crammed with people.

There was a young guy in front of me. He took a knife and stabbed the stomach of a sleeping passenger. He, too, looked normal and well turned out, but the knife he held up dripped and dripped with red blood.

I grabbed my phone to call the police, and I saw the time: it was four forty-four in the afternoon.

Gàidhlig

4:44:44

Kiú-kiong
Translated by Lisa MaDonald

Dh'fhosgail mi am fòn agam sa charbad MRT. Bha e ceathrad 's a
ceithir mionaidean an dèidh ceithir uairean feasgar.

Dhùisg mi gu h-obann agus thug mi sùil air a' ghleoc. B' e
ceithread 's a ceithir mionaidean agus ceithread 's a ceithir diogan
an dèidh ceithir uairean a sheall e. Ma chì thu àireamhan mar seo
's e àireamhan ainglean a chanar riutha, agus tha iad a' ciallachadh
gu bheil na nèamhan airson teachdaireachd a chur thugad. B' e
manadh a bh' ann, ach cha do thuig mi càil aig an àm sin. Cha do
thuig mi carson a bha mi air dùsgadh ann an dubh na h-oidhche.
Loidhne phriobach de dh'àireamhan a ceithir, mo shùilean cho
sglèothach, 's gann gun deach agam air an leughadh. Bha coltas
annasach air a h-uile rud. Tè mu seach, ghabh na h-àireamhan
riochd sgeinean.

Dh'fhaodadh tu a ràdh, nuair a bhios sinn a' tuiteam nar cadal,
gu bheil e mar gun deidheadh ar pasgadh ann am builgean mòr, air
ar bogadh ann an saoghal gun ghrunnd de bhruadairean oidhche,
ciùin agus sèimh. Agus nuair a dhùisgeas sinn, tha e mar gun
deach am builgean a spreadheadh le sgian mhòr, gar sadail air-ais

gu fìorachd.

Chaidh mi dhan taigh bheag agus aon chas fhathast a' gabhail cheumannan socair tron bhruadair. Bha taidhlean an làir a' luasgadh fodham mar dhrochaid bambù, agus b' ann an uair sin a dhùisg mi gu ceart. Shuidh mi gus dileag a dhèanamh feuch an deidheadh agam air cadal an dèidh sin.

Cha robh na speuran fhathast soilleir. Cha do chòrd e rium idir a bhith a' dùsgadh air an oidhche agus a' milleadh cadail mhath. Bha mi an-àird fada ro thràth a-nis, agus cha deidheadh agam air a dhol a chadal a-rithist. An dèidh dhomh laighe sìos, dh'fhàs mo bheul tioram, agus dh'èirich mi is ghabh mi deoch uisge. Bha mi sgìth, ach bha m' inntinn furachail, agus bha mi air cho mòr de dh'uisge òl 's gun robh agam ri dhol dhan taigh bheag a-rithist agus a-rithist, air ais agus air adhart. Bha mi cho sgìth ris a' chù, ach cha deach agam air cadal. Chaidh an uair seachad air meadhan-oidhche, agus b' e latha ùr a bh' ann. Bha planaichean dìnneir agam feasgar còmhla ri caraid oilthighe.

An dèidh dhuinn ceumnachadh, b' e oileanaich litreachais eile a bha còmhla rium san oilthigh a bha nan caraidean dhomh, boireannaich a mhòr-chuid dhiubh—cha robh ach glè bheag de dh'fhireannaich anns na cuspairean daonnachd. Thuirt caraid rium nach biodh a teaghlach air leigeil leatha a dhol an sàs anns na cuspairean daonnachd nan robh i na balach.

Cha do dh'fhosgail mi am fòn agam gus sùil eile a thoirt air app nan dreuchdan bàna. Thionndaidh mo smuaintean chun a' charaid ris an robh mi a' dol a choinneachadh feasgar. Bha a teaghlach beartach, agus cha robh rud sam bith a dhìth oirrese. Cha do sgrìobh ise a-riamh cunntas-beatha, agus chuir i seachad a làithean aig fois, a' leughadh leabhraichean agus a' dèanamh mar a thogradh i. Thuirt i rium gun a bhith a' gabhail uallach—cha bhiodh e gu diofar mura lorgainn obair.

Leis gun robh deit agam bha mi air cliop ùr fhaighinn. Ghabh mi ri stoidhle ùr gus am biodh coltas beagan nas mothachaile orm.

Cosgaidh tu foighidinn ùr gach latha fiù 's air beatha àbhaisteach: a bhith ag ithe, a' glanadh d' fhiaclan, a' gabhail fras, a' cadal, a' coimhead às do dhèidh fhèin. Dh'fhasadh tu gu math sgìth dheth.

Bha mi cuideachd air fòn a chur gu caraid eile. Bha mi cho toilichte bruidhinn rithe, coltach ris na seann làithean. Nuair a bha mo charaid gus am fòn a chur sìos thuirt i rium, "Chan eil mi air fras a ghabhail fad trì làithean, tha m' fhalt robach, bidh mi a' cur seachad mo làithean le bhith a' dèanamh snaidhmean Sìonach - coltach ri muncaidh. Chan eil fios agam mar a bhios mi gam bhiathadh fhèin no mar a bhios mi a' cadal gu ceart... ciamar a chuireas mi sin ceart?" Sheall i dhomh gu bheil thu feumach air beatha àbhaisteach a dh'aindeoin cho beag 's a tha agad air coimhead às do dhèidh, gus nach bi daoine eile a' smaoineachadh gu bheil thu air a dhol às do rian.

Thuit mi nam chadal mu dheireadh thall, agus chaidil mi gu sunndach, 's nuair a dhùisg mi bha e mheadhan-latha. Ghabh mi lòn sìmplidh. Aig leth-uair an dèidh trì chuir mi orm maise-gnùis agus lèine ùr, agus aig ceithir uairean dh'fhàg mi an taigh.

Nuair a chaidh mi seachad air a' chòrnair mhothaich mi bodach a' dabhadaich ann. Ghabh mi ceum air ais agus chaidh mi tarsainn an rathaid. Bha e leth-fhalaichte, agus mura deidheadh tu timcheall air a' chòrnair chan fhaiceadh tu idir e. Bha coltas ciùin air, a mhionach reamhar agus a bhod crochte am measg falt mùrlach dubh. Bha e na sheasamh an sin rùisgte, ach bha a h-uile coltas de dh'aodach àbhaisteach air. Chùm mi sùil air. Cha robh e a' dèanamh rud sam bith, cha robh càil aige, agus mar sin cha do ghabh mi uallach gun robh sgian aige agus gun robh e a' dol a mharbhadh duine.

Chaidh daoine seachad air agus iad a' cagar gur e duine caothaich a bh' ann. "Àm duilich, duine bochd craicte!" Ghreas a h-uile duine a chunnaic e seachad air mar nach fhaca iad idir e. Bha càr poilis air stad air taobh eile an rathaid, ach cha robh duine ann, agus chan fhaca mi poilis air an t-sràid. Chùm mi orm gu stèisean

MRT agus smaoinich mi air cho furasta 's a bhiodh e do dhuine
sam bith a bhith a' dol às a chiall. Cha leigeadh tu leas ach a bhith
a' toirt dhìot do chuid aodaich.

Bha mi rud beag air dheireadh an dèidh dhomh a bhith a' toirt
an aire don duine ud, agus bha mi gu bhith fadalach airson a bhith
a' coinneachadh mo charaid. Nuair a ràinig mi an stèisean MRT
chuir cailleach stad orm. "Càit a bheil an stèisean rothaireachd?"
dh'fhaighnich i. Bha baidhseaglan air feadh an àite faisg air an
stèisean MRT, agus stiùir mi i tarsainn an rathaid gu far an robh
iad. Bha i taingeil, agus thuirt i gun robh mi laghach. "A phiuthair
bhig, tha mi a' faicinn gu bheil thusa dòigheil agus còir, agus tha
rudeigin agam ri innse dhut." Thug i faidhle a-mach às a baga—
Meòrachan Tachartas Murt MRT, air pàipear A4, cho tiugh ri
tràchdas maighistireachd. Dh'fhosgail i a chiad duilleag agus leugh
i gu h-àrd. "Riaghailt a h-aon: na caidil am-measg dhaoine eile.
Riaghailt a dhà: thoir an aire don fheadhainn a tha mun cuairt ort.
Tha comas dochnaidh aig a h-uile duine. Dh'fhaodadh tu fiù 's
cron a dhèanamh ort fhèin."

Bha a' chailleach sgiobalta agus modhail. Ach bha e doirbh ri
ràdh às a briathran an e tè àbhaisteach no craicte a bh' innte. Thug
i dhomh am faidhle agus dh'iarr i orm a leughadh gu faiceallach.
Thug mi sùil troimhe fhad 's a bha mi a' fàs nas iomgainiche. Bha
coltas fìor air gach facal san fhaidhle; bha e a' dèanamh ciall, ach aig
an aon àm cha robh ann ach beagan fhaclan air an sgrìobhadh le
cailleach. Chùm i oirre a bhith a' cur dragh orm, agus cha robh i a'
dol a leigeil às mi, 's i ag ràdh nach bu choir dhomh idir a dhol air
an MRT. Shocraich mi i le bhith ag innse dhi gun gabhainn ris na
thuirt i, ach an uair sin thionndaidh mi agus ruith mi chun an
stèisein, ged a bha i fhathast ag èigheach orm. Choisich mi sìos
chun an rèile, agus nuair a chaidh mi air bòrd an trèana mhothaich
mi gun robh e loma-làn dhaoine.

Thug fear òg a bha air mo bheulaibh a-mach sgian agus shàth
e fear eile a bha na chadal na mhionach. Bha coltas sgiobalta

àbhaisteach airsan cuideachd, ach bha fuil dhearg a' sileadh bhon sgein a thog e an-àird.

Fhuair mi grèim air a' fòn agam gus an cuirinn fios dha na poilis, agus mhothaich mi an uair: bha e ceathrad 's a ceithir mionaidean an dèidh ceithir uairean feasgar.

Lisa MacDonald

Scotland

Gàidhlig

Saorsa

Lisa MacDonald

Air a slighe dhachaidh sa chàr smaoinich i a-rithist air an latha a bh' air a bhith aice. Bho bhith a' dùsgadh tràth, a' biathadh nam beathaichean san dorchadas, a' lìonadh flasg le cofaidh on nach biodh àite sam bith fosgailte mus ruigeadh i am baile mòr, a' cur oirre an dreasa sgiobalta dhubh - bha i airson a bhith deiseil. Latha mòr a bh' ann, a bh' air a bhith air fàire fad bhliadhnaichean troma. Mu dheireadh thall, agus i na suidhe san taigh-cùirte chruaidh ùr ud, an tè-lagha ri a taobh agus e-fhèin na h-aghaidh, gheibheadh i an cothrom innse dhaibh uile mar a thachair.

Bha sneachda ri taobh an rathaid, agus bha na fèidh a' cagnadh a' chonaisg sna dìogan, 's iad air tighinn a-nuas às na beanntan leis an fhuachd. Chuir e an t-iongnadh oirre cho teann 's a bha a guailnean fhathast, agus cho luath agus cho dorcha 's a bha buille a cridhe, na guthan uile a' brùchdadh na ceann gus nach robh ann ach mac-talla èiginneach grannda. Phriob i a sùilean gus na h-ìomhaidhean a chur aiste, agus gun fhiosta dhi ghlac a' chuibhle as fhaisge cnap beag deighe. Dh'fhàs na diogan mar shiorraidheachd mus deach aice air an càr a chur ceart agus a dhìreadh a-steach gu àite-seachnaidh. Chrùb i a ceann chun na cuibhle-stiùiridh agus leig i anail.

Nuair a sheall i suas a-rithist, mhothaich i gluasad aig an fheansa ri a taobh. Caora a bh' ann, agus bha greis mus do thuig i gun robh rudeigin fada ceàrr.

Dh'fhosgail i an doras gu socar agus tharraing i uimpe a còta. B' fheàrr leatha nam biodh bòtannan ceart oirre, ach chùm i oirre leis a' bhruthaich, a' tuisleadh 's a' sleamhnadh sna sàilean àrda aice. Mar·as motha a dhlùthaich i ris a' bheathach bhochd, 's ann as motha a thòisich a' chaora ri strì. Chunnaic i an uair sin gun robh gathan drise ga cumail teann, air an lùbadh mu a corp mar shìoman tughaidh. Ann am pòca a còta eile, na beatha eile, bha sgian, ach an seo cha robh comas no cumhachd aice. Le dùrdail na guth shìn i a làmh thuice agus sheall i oirre: a sùilean mòra làn eagail, deò cheòthach a' cuairteachadh a cinn, a clòimh fliuch leis a' pholl agus sneachda air a druim, snaidhmean is cnotan is biorain bheaga air an snìomhadh còmhla far am facas i tro dhuilleagan a' phris.

Chuir i a làmh gu clàr-aodainn na caorach. Shocraicheadh sin i rud beag, agus bheireadh e dhìse grèim nas treasa air na duilleagan. Ghabh i ceum eile air adhart agus dh'fheuch i ri deireadh na drise a lorg. Leig i às glaodh agus tharraing i a làmh air ais, dath dearg na fala a' fàgail spotagan iongantach air còmhdach geal an fhraoich. Ghluais i a còta far a gualnean gus an robh am muilicheann aice mar dhòrnag, agus stob i a làmh dhan chlòimh a-rithist. Fhuair i grèim air pìos biorain a dh'fhosgail beàrn bheag fon dris gus an deigheadh aice air dà chorrag a phutadh foidhpe gu teann, 's i crùbte lùbte ìosal gu làir. 'S ann aig an dearbh mhionaid a rinn a' chaora cliseadh. Chaill i a casan agus landaig i le splaid sa bhoglach, am pian na làimh 's na h-adhbrann ga sàrachadh. Bha e doirbh dhi èirigh. Thuit i air a glùin nuair a bhrist a' gheug air an robh grèim aice, dh'fhalbh a bròg agus chuir i a cas sìos sa pholl. Shuidh i an àird agus dh'fhairich i deòir, salachar agus fuil air a gruaidh, a còta spaideil air a bhogadh agus a falt a-nis mar bhodach-ròcais. Nam faiceadh an Siorram i an-dràsta.

Shlìob i an sneachda ùr ri a taobh gu mall le a corragan sgròbte goirt agus nochd fuasgladh fodhpa fhèin, rud a thuig i sa bhad. Clach chruinn chòmhnard a dhèanadh an gnothach, a gheàrradh an cuibhreach agus a shaoradh an dithis aca. Sheas i le beagan iomagain agus thòisich i gu socair mionaideach air cliathach bog sgrìobach na caora. Gach bachlag, gach snaidhm, mean air mhean, dh'obraich i gu foighidinneach le lann na cloiche gus an cuala i na snàithleanan a' briseadh. Chùm i oirre a dh'aindeoin fuachd is pian, a' tarraing 's a' slaodadh nan gasan gathach tron pheall, a' sgochadh 's a' sgapadh mar gun robh i ri sgiùrsadh nàmhaid do-sheallte, gus an do ghabh a' chaora tulgag obann a chuir às dha na pìosan mu dheireadh. Ghabh i crath is crith a sgap sneachda, duilleagan is drisean mun cuairt oirre, thug i sùil luath air ais agus rinn i às le miogadaich.

Le a làmhan reòithte rag sheas i suas agus dhìrich i a druim, a h-anail na h-uchd agus coltas fiadhaich na sùilean. Choimead i a-mach air a' phàirc gheal far an robh na caoraich eile a' toirt fàilte bhlàth fhuaimneach air an tè a thill thuca, agus mhothaich i dathan àlainn a' chiaraidh. Dh'fhuirich i greis mar a bha i gus an lìonadh a ceann 's a cridhe le bòidhchead an fheasgair, agus thionndaidh i an uair sin air ais chun a' chàir. Cha robh aice ach an còta salach bog-fliuch a chur dhan chùl leis na brògan a bha a-nis drùidhte. Shuidh i, dhùin i an dòras, chuir i car air an iuchair agus suas leis an teasadair cho àrd 's a b' urrainn dhi. Mhothaich i an uair sin cho mòr 's a bha i-fhèin a' crith, agus dh'fhairich i am pian geur na h-òrdagan 's na corragan agus am blàths a' tilleadh thuca. Bha na caoraich uile a-nis fad às ri taobh an locha, agus chan aithnicheadh i tè dhiubh. Thionndaidh a smuaintean aon turas eile gu tachartasan na maidne, agus chunnaic i a-rithist an seòmar-cùirte, an Siorram na shuidhe sa bhogsa leis fhèin agus na clèirich a' gluasad bho thaobh gu taobh, a-mach agus a-steach air na dorsan, a h-uile duine dhiubh trom-chùiseach trang. Nach iongantach a' bhuaidh a bh' aig beatha dhaoine.

Chuir i sròn a' chàir ris an rathad agus lean i oirre dhachaidh far am faigheadh i copan tì agus stocainnean blàtha.

English

Freedom

Lisa MacDonald
Translated by Elissa Hunter-Dorans

On her way home in the car, she reviewed her long day. From waking up early, feeding the animals in the dark, filling a flask with coffee since nowhere would be open until she arrived in the city, and putting on her neat black dress—she wanted to be ready. It was a big day, one that had been on her horizon, hanging heavily over her for many years. Finally, as she sat in that austere new courthouse, the solicitor by her side and with him facing her, she had the chance to tell them all what happened.

There was snow at the side of the road, and the deer were nibbling at the gorse in the ditches, having come down from the hills with the cold. She was surprised by how tight her shoulders were still, and how fast and dark her heart was beating, all the voices exploding into an ugly, pressing echo in her head. She blinked to clear the images from her mind, and before she realised it, the nearest wheel caught a small patch of ice. The seconds seemed like an eternity before she managed to control the car and ease it into a passing-place. She leaned her head against the steering wheel and let out a breath.

When she looked up again, she noticed movement by the fence beside her. It was a ewe, and it took her a moment to realise that something was very wrong. She opened the door gently and pulled on her coat. She would have preferred to have been wearing proper boots, but she kept going down the slope, stumbling and slipping in her high heels. The closer she got to the poor animal, the more the ewe began to struggle. She saw then that thorny branches were holding her tight, coiled around her body like thatch ropes. In the pocket of her other coat, in her other life, was a knife, but here she had no ability or power.

With a cooing in her voice she reached out her hand and looked at her: the ewe's large eyes were filled with fear. Her fleece was wet and muddy, there was snow on her back and thorns and small sticks held her tightly woven amongst the bramble leaves.

She put her hand to the ewe's forehead. That would settle her a little, and give her a firmer grip on the leaves. She took another step forward and tried to find the end of the thorny bush. She let out a cry and pulled her hand back, the red colour of blood leaving shocking spots on the white snow covering the heather. She moved her coat off her shoulders until her sleeve became a gauntlet, and stuck her hand into the ewe's fleece again. She caught hold of a small stick that opened a little gap under the bramble so that she could push two fingers through it tightly, crouching low to the ground. It was at that moment that the ewe startled. The pain in her hand and ankle was piercing, as she lost her footing and landed with a slam in the bog. She struggled to get up. She fell to her knees when the branch she was holding onto broke, lost her shoe and put her foot down in the mud. She sat up and felt tears, dirt and blood on her cheek, her smart coat soaked, and her hair now like a scarecrow's. If only the Sheriff could see her now.

She slowly stroked the fresh snow to her side with her sore, scratched fingers and a solution appeared beneath her, one that she understood immediately. A flat, round stone that would do the job—cut the ropes, freeing them both. She stood, with a little trepidation, and began to gently and carefully work on the sheep's soft, scratchy flank. Each curl, each knot; little by little, she worked patiently with the stone blade until she heard the threads snap. She kept going despite the cold and pain, pulling and tugging the sharp branches through the matted wool, flailing as if she were scourging an invisible enemy, until the ewe took a sudden jerk that dislodged the last of the pieces. She gave a shake and a shudder which scattered the snow, leaves and thorns around her, glancing back quickly before disappearing with a bleat.

With her hands numb and frozen she stood up and straightened her back, her breath in her chest and a wild look in her eyes. She looked out at the white park where the other sheep were giving a warm and noisy welcome to the one who had returned to them, and she noticed the beautiful colours of the sunset. She remained still for a moment to fill her head and her heart with the beauty of the evening, and then she turned back to the car. All she could do was to put her filthy, sodden coat in the back with her now soaked shoes. She sat down, closed the door, turned the key and turned the heater up as high as she could. She realised how much she herself was trembling, and she felt the sharp pain in her toes and fingers as the warmth returned to them. The sheep were all now far away by the loch, and she could not distinguish any of them. Her thoughts turned once more to the events of the morning, and she saw again the courtroom, the Sheriff sitting alone in the box and the clerks moving from side to side, in and out of the doors, all of them busy with serious matters. Isn't it amazing, the impact of a human life.

She turned the car back onto the road and carried on home, where she would get a cup of tea and warm socks.

華語

解套

Lisa MacDonald
Translated by Shengchi Hsu

　　她開著車，在回家的路上回想著漫長的一天。從一早起床，天還沒亮就先去餵食家中的動物，之後，因為在她到市區前，店家都尚未開業，她會先將保溫瓶裝滿溫熱的咖啡，然後穿上她俐落的洋裝——就因為她要為那一天做好準備。那是很重要的一天。而這些年來，她一直期盼著這一天的到來。因為她終於有機會和她的律師一同坐在佈置樸實的新法院裡，面對著他，告訴大家事情的來龍去脈。

　　沿途路邊堆積著雪，山上的野鹿也跟著寒冷的空氣一起下山，在路邊的溝渠裡咀嚼著野生的荊豆。沒有想到這時她的肩頸依舊緊繃，心跳仍舊急切與哀愁。早些時候在法庭裡聽到的聲音瞬間像一顆爆破的炸彈發出巨響，在腦中震盪著令她不舒服的回音。當她眨了眨眼，試著刷去腦海裡的影像時，車輪已經在她反應過來前，陷入了路旁的一堆積雪。在漫長的幾秒鐘後，她才勉強把車在路邊的會車處慢慢停下，把頭倚在方向盤上，深深地吐了一口氣。

　　當她回過神來時，一旁的欄杆有些動靜。是一隻母羊。她觀望了一會，感覺情況不太對勁，然後輕輕地打開車門，把外套拉上。如果那時候她有穿著適合冰雪冬天的皮靴就好了，因為她腳下的高跟鞋讓她連滑帶摔地往斜坡滾了下去！她越靠近那隻可憐的母羊，母羊就越是掙扎，因為牠的身軀被帶刺的枝幹像麻繩一般緊緊地綑綁住。在她生命中扮演的另一個角色所會穿的外套口袋裡還有一把刀，可是此時此刻，她既沒有能力，也沒有力量去做任何處理。

她使勁延伸手臂，嘴裏發出如鴿子般咯咯的聲音，看著母羊和牠那充滿了恐懼的大眼。她背上的雪已經把她身上那沾滿污泥的抓毛絨外套浸濕，而荊棘枝條上的刺則緊密交錯地把她困在葉叢中。

她將一手放在母羊的眉間，希望能夠讓牠安定下來。　這同時也讓她更容易使力用另一隻手抓開身邊的葉子。她繼續前進，試著通過那滿佈荊棘的樹叢。突然間她大叫一聲，把手抽了回來。滴下來的鮮血在覆蓋著石楠花的白雪上留下了一個令人觸目驚心的印記。然後她把西裝外套一邊的袖子拉下到能夠做袖套的長度，將手腕包起來，戴著袖套的那隻手再次鑽進母羊的毛髮裡。她蹲伏到地上，在羊毛裡抓到了一枝小枝幹，在帶刺的荊棘間撥出一道僅容兩指穿過的縫隙。突然，她一個重心不穩，重重地摔進泥濘的雪地裡，驚動了母羊。她的手與腳踝刺痛到她幾乎無法站立。她抓住的那個枝幹斷了，讓她膝蓋著地，一腳掉了一隻鞋，另一腳直接踩進爛泥巴裡。她坐了起來，用手抹去她臉頰上的淚水，污泥和鮮血。她那正式的西裝外套濕透了；她的頭髮也變得跟稻草人頭上的稻草沒什麼兩樣。但願法官可以看到她現在這個模樣。

她用她那已刮傷，疼痛萬分的手指把身旁剛下的雪緩慢地撥開。在她的身下，她發現了一個為自己解套的方法。一看到就馬上明瞭自己應該怎麼做——她需要的是一個扁扁的圓形石塊來切斷那些束縛他們的繩索，解救她自己和母羊。於是她帶著些許不安站了起來，小心翼翼地從母羊柔軟側邊腹部上會扎人的毛開始下手。她耐心地用手裡的石刀一點一滴地磨著每一個母羊纏在荊棘上的結，直到她聽見斷裂的聲音，才再往下一個結移動。她忍著身上的疼痛跟寒冷的天氣持續進行，把鋒利的荊棘從糾結的羊毛中扯了出來，手一揮一甩，就像是在鞭打一個隱形的敵人。終於，母羊突然用力一扭，把剩餘的纏繞著的結都鬆開了。 牠抖一抖身體，把身上的雪，身旁的葉子和帶刺的樹枝一一甩落，然後迅速地回頭看了一眼，就隨著牠的叫聲離去。

她的雙手已經凍到失去知覺。她站起來把背打直，屏息凝視著遠處雪白的園區——雪地上的綿羊正鬧哄哄地歡迎剛才歸隊的母羊；天空中夕陽的光彩也甚是美麗。她靜靜地站在那裡，讓自己好好感受那黃昏的美好， 然後轉過身來向朝她的車走去。她別無選擇，只能把那骯髒又濕透了的外套跟她浸濕了的鞋子一同擱在車子的後座。她隨後上車，關上車門，然後把車上的暖氣調到最大。她發現自己在不斷地顫抖，也感覺到手指跟腳趾隨著體溫的上升，開始有了刺痛的感覺。那羊群已經在遠方的蘇格蘭高山湖畔，和雪景融合在一起了。她再次想起那天早上發生的所有事情，法庭裡的場景，郡法官坐在位子上，書記官匆忙地進出法庭，每個人都忙著處理他們手中重要的工作。生活對人的影響真是大啊！

她把車開回了路上，朝家的方向駛去。她想要在到家後泡上一杯熱茶，穿上暖和的襪子。

自由

Lisa MacDonald
Translated by Naomi Sím

　　伊駛車欲轉去厝--lih，ná駛ná回想這个忝i-ōe ê一工。自透早起床，天猶未光就先共寵物飼飼leh，閣提一罐súi-tó入咖啡，因為伊到市內彼陣人猶未開店上班，然後伊換一sū正範ê烏色洋裝——一切攏是為著這工來準備。今仔日是真重要ê日子，伊已經等待足濟冬矣，這項代誌一直誓佇伊ê心肝頭。總算，伊來到新起ê莊嚴法院內底，伊ê律師坐佇伊ê邊仔，彼个人坐佇對面，伊欲趁這个機會共所有ê一切攏講予逐家聽。

　　規條路ê路邊攏是雪，閣有鹿仔綴著生冷ê空氣順山坪落來，踮路堘ê溝仔底哺野生ê灌木。伊注意著家己ê肩胛頭絚tòng-tòng，然後感覺著心肝鼓phih-phók-chháiⁿ，心肝頭閣結規虯，代先佇法庭聽著ê聲音暴其然像一粒炸彈「磅」一聲迸去，回音佇伊ê頭殼內òng-òng叫真艱苦。伊ê目一个瞬，想欲共頭腦ê畫面鑢掉ê時，車輪仔已經佇伊會赴反應前，陷入去路邊ê雪堆中。佇lò-lò-長ê幾秒鐘後，伊愛瞌盡力才有法度共車杏杏仔擋佇邊仔予車相閃ê所在，伊將頭倚佇han-tó-lù頂面，吐一个大氣。

　　伊閣再夯頭ê時陣，發現邊仔ê圍籬有各樣，是一隻羊母。伊chhāi佇遐一下仔才發覺著敢若有一件誠歹空ê代誌當咧發生。伊杳杳仔將門拍予開然後共外套穿咧。若是這馬有穿靴管就好矣，結果伊跤踏懸踏鞋，雄雄狂狂對雪坪七顛八倒chhu落去。伊愈倚近彼隻可憐ê動物，可憐ê動物就愈滾躘，伊看著伊ê身軀予刺藤纏甲密chiuh-chiuh。佇另外一領外套，平行世界中伊所穿ê彼領，橐袋仔內底有一支刀仔，但是現此時ê伊，無才調也無任何力頭處理眼前ê代誌。

伊學粉鳥ê叫聲輕聲安搭，拚力共手伸予長，對伊金金看：羊母ê大目全是驚惶。伊ê羊毛早就予雪沃甲澹糊糊，尻脊後ê毛草攏是濁糊仔糜，草刺佮樹仔枝將伊圍困佇利劍劍ê灌木中。

伊共一支手安佇羊母ê目眉間，向望按呢會使予伊恬靜落來，賰ê彼手就會當較有法度共伊敨開。伊向前踏一步，想欲揣刺藤ê頭佇佗位，煞無張持大聲喈一下，手較緊kiu轉來。紅絳絳ê血滴佇崁山牛奶花ê白雪頂，共白雪染出一个驚人ê印記。伊斡酚共外套對肩胛頭褪到會當做一个手囊ê懸度，手伸轉去羊母ê毛草中了後，伊跍落來，有手囊ê彼枝手扳一枝樹枝共草刺黜予開，用兩支指頭仔佇羊毛內底鑽一个縫出來。就是佇這个時陣共羊母拍生驚。伊ê手佮跤目是疼搐搐害伊徛袂牢，規个人捽入去爛糊糜中捽跋反，因為楦著ê樹枝雄雄斷去就隨閣跪轉去塗糜內底，一跤鞋仔落--去，所以赤跤踏佇濁糊仔糜。伊坐起來，共面頂ê目屎、爛塗、血拼拚掉，伊彼領有範ê外套變甲垃圾lì-lô，頭毛亂操操袂輸草人。若是法官會當看著伊這馬ê模樣就好矣。

伊勻勻仔用滿是空喙ê手共身軀邊ê白雪撥開，下跤浮出一个解套方案，伊連鞭就知影愛按怎做，伊需要一个扁扁ê石頭鉼——共刺藤鋸予斷，予in兩个自由。伊徛起來，小可驚驚，然後溫柔細膩ê對羊母腹肚邊粗pê-pê ê毛下手。每一撮虯毛，每一个拍結；微微仔、杳杳仔，耐心用石頭鉼鋸甲伊聽著藤仔phiak一下斷去ê聲。天氣較寒，手較疼，伊也繼續鋸，對佮草刺結規丸ê毛草是換閣

掔，斷去ê刺藤掖甲四界是，伊ê手佇空中一直捴，親像
咧用籤條捽無形ê藏鏡人，羊母雄雄瞪力傱起來，共身軀
頂上尾ê垃圾物仔捴予掉。伊將身上ê雪、葉仔佮尖-liuh-
liuhê樹尾枝攏顫甲離離離，越頭對伊影一下，「meh」一
聲就走去矣。

伊ê手麻去閣規雙冷吱吱，伊peh起來徛予chāi，禁氣
金金相白雪雪ê遠跡，雪坪ê羊群熱烈歡迎羊母轉來。伊
注意著日頭落山七彩ê天色，恬恬chhāi佇遐幾分鐘，全心
神感受這个美好ê黃昏，然後斡轉去揣伊ê車。現此時ê伊
干焦會使共伊澹漉漉閣烏趖趖ê外套佮鞋仔囥佇後座。伊
上車，關門，鎖匙插落去，燒氣揤甲上燒。伊發覺伊當
正咧交懍恂，隨著車內反燒起來，手佮跤ê指頭仔若有針
咧蝛羊群已經走遠遠去到高山湖邊，佮雪景融做伙矣。
伊閣一遍想起下早仔ê代誌，法庭內底ê情形，法官一个
人坐佇審判席，其他ê法務人員出出入入，每一个人攏無
閒chhí-chhá咧處理重要ê代誌。原來一个人ê存在竟然會
牽連遮爾濟人，影響遮爾濟代誌。

伊共車仔駛倒轉去馬路，繼續上路欲來轉，欲來轉
去厝lih泡一杯燒茶，換一雙溫暖ê襪仔。

Tâi-gí

Chū-iû

Lisa MacDonald
Translated by Naomi Sím

I sái-chhia beh tńg--khì chhù--lih, ná sái ná hôe-sióng chit-ê thiám-i-ōe ê chit-kang. Chū thàu-chá khí-chhńg, thiⁿ iáu-bōe-kng tō seng kā thióng-bút chhī-chhī-leh, koh thê chit-koàn súi-tớ jip ka-pi, in-ūi i kàu chhī-lāi hit-chūn lâng iáu-bōe khui-tiàm siōng-pan, jiân-āu i ōaⁿ chit-su chiàⁿ-pān ê o·-sek iûⁿ-chong—it-chhè lóng-sī ūi tiòh chit-kang lâi chún-pī. Kin-á-jit sī chin tiōng-iàu ê lit-chí, i í-keng tán-thāi chiok-chē-tang ah, chit-hāng tāi-chì it-tit teh tī i ê sim-koaⁿ-thâu. Chóng-sǹg, i lâi-kàu sin khí ê chong-giâm hoat-īⁿ lāi-té, i ê lút-su chē tī i ê piⁿ-á, hit-ê lâng chē tī tùi-bīn, i beh thàn chit-ê ki-hōe kā só·-ū ê it-chhè lóng kóng hō· ták-ke thiaⁿ.

Kui-tiâu-lō· ê lō·-piⁿ lóng-sī soat, koh-ū lȯk-á tòe-tiȯh chheⁿ-léng ê khong-khì sūn soaⁿ-phiâⁿ lȯh-lâi, tiàm lō·-kîⁿ ê kau-á té pō· iá-seng ê koàn-bȯk. I chhù-ì tiȯh ka-kī ê keng-kah-thâu ân-tòng-tòng, jiân-āu kám-kak-tiȯh sim-koaⁿ-kớ phih-phȯk-chháiⁿ, sim-koaⁿ-thâu koh kiat-kui-khiû, tāi-seng tī hoat-têng thiaⁿ-tiȯh ê siaⁿ-im pō·-kî-jiân chhiūⁿ chit-liȧp chà-tôaⁿ "pòng" chit siaⁿ piāng--khì, hôe-im tī i ê thâu-khak-lāi òng-òng- kiò chin kan-khó·. I ê bȧk chit-ê nih, siūⁿ-beh kā thâu-náu ê ōe-bīn lù tiāu ê sî, chhia-lián-á í-keng

108

tī i ē-hù hoán-èng chêng, hām-jip-khì lō͘-piⁿ ê soat-tui tiong. Tī lò-
lò-tn̂g ê kúi bió-cheng āu, i ài tèⁿ chīn-làt chiah ū hoat-tō͘ kā chhia
tàuh-tàuh-á tòng tī piⁿ-á hō͘ chhia sio-siám ê só͘-chāi, i chiông thâu
óa tī han-tó-lù téng-bīn, thó͘ chit-ê tōa-khùi.

I koh-chài giàh-thâu ê sî-chūn, hoat-hiān piⁿ-á ê ûi-lî ū koh-iūⁿ,
sī chit-chiah iūⁿ-bó. I chhāi tī hia chit-ē-á chiah hoat-kak tiòh kán-
ná ū chit-kiāⁿ chiâⁿ pháiⁿ-khang ê tāi-chì tng-leh hoat-seng. I tàuh-
tàuh-á chiòng mn̂g phah hō͘ khui liân-āu kā gōa-thò chhēng--leh.
Nā-sī chit-má ū chhēng hia-kóng tō hó--ah, kiat-kó i kha tàh koân-
tàh-ê, hiông-hiông-kông kông tùi soat-phiân chhit-tian-peh-tó
chhu lòh-khì. I lú óa-kīn hit chiah khó-liân ê tōng-bút, khó-liân ê
tōng-bút tō lú kún-liòng, I khòaⁿ-tiòh i ê sin-khu hō͘ chhì-tîn tîⁿ
kah bàt-chiuh-chiuh. Tī lêng-gōa chit-niá gōa-thò, pêng-hêng sè-
kài tiong i só͘ chhēng ê hit niá, lak-tē-á lāi-té ū chit ki to-á, tān-sī
hiān-chú-sî ê i, bô châi-tiāu iā bô jīm-hô làt-thâu chhú-lí gán-
chêng ê tāi-chì.

I óh hún-chiáu ê kiò-siaⁿ khin-siaⁿ an-tah, piàⁿ-làt kā chhiú
chhun hō͘ tn̂g, tùi i kim-kim-khòaⁿ: iūⁿ-bó ê tōa-bàk choàn-sī kiaⁿ-
hiâⁿ. I ê iūⁿ-mơ chá tō hō͘ soat ak kah tâm-kô͘-kô͘, kha-chiah-āu ê
mơ-chháu lóng-sī lô-kô͘-á moâi, chháu-chhì kah chhiū-á-ki chiòng
i ûi khùn tī lāi-kiàm-kiàm ê koàn-bók tiong.

I kā chit-ki chhiú an tī iūⁿ-bó ê bàk-bâi kan, ǹg-bāng án-ne ē-sái
hō͘ i tiām-chēng lòh-lâi, chhun-ê hit-chhiú tō ē-tàng khah ū hoat-
tō͘ kā i tháu-khui. I hiòng-chiân tàh chit-pō͘, siūⁿ-beh chhōe chhì
tîn ê thâu tī tó-ūi, soah bô-tiuⁿ-tî tōa-siaⁿ kaiⁿ chit-ē, chhiú khah-
kín kiu tn̂g--lâi. Âng-kòng-kòng ê hoeh tih tī khàm soaⁿ-gû-nî hoe
ê pèh-soat téng, kā pèh-soat ní-chhut chit-ê kiaⁿ--lâng ê ìn-kì. I
chim-chiok kā se-chong gōa-thò chit-pêng ê chhiú-ńg tùi keng-
kah-thâu thǹg-kàu ē-tàng kā chhiú-oán pau-khí-lâi ê koàn-tō͘,
chiâⁿ-chò chit-ê chhiú-lông, hit-ki chhiú tō koh chhun tò-tńg-khì
iūⁿ-bó ê mơ-chháu tiong. I khû--lòh-lâi, tī mơ-chháu lāi-té pian
tiòh chit-ki chhiū-ki, khui chit-phāng tan-tan nn̄g-ki chéng-thâu-á
khoah ê khang-khiah. Tō-sī tī chit-ê sî-chūn kā iūⁿ-bó phah-chheⁿ-

kiaⁿ. I ê chhiú kah kha-bák sī thiàⁿ-tiuh-tiuh hāi i khiā bē-tiâu, kui-
ê lâng siak jip-khì nōa-kô͘ moâi tiong chhia-poáh-péng, in-ūi giú-
tiòh--ê chhiū-ki hiông-hiông tńg-khì tiō sûi koh kūi-tńg--khì thô͘-
môe lāi-té, chit-kha ê-á lák-- khì, só͘-í chhiah-kha tā tī lô-kô͘-á moâi.
I chē--khí-lâi, kā bīn-téng ê bák-sái, nōa-thô͘, hoeh póe-póe-tiâu, i
hit-niá ū-pān ê gōa-thò pìⁿ-kah lah-sap lī-lô, thâu-mơ loān-chhau-
chhau bē-su chháu-lâng. Nā-sī hoat-koaⁿ ē-tàng khoàⁿ-tiòh i chit-
má ê bô͘-iūⁿ tō hó--ah.

I ûn-ûn-á iōng boán-sī khang-chhùi ê chhiú kā sin-khu-piⁿ ê
péh-soat poah-khui, ē-kha phû-chhut chit-ê kái-thò hong-àn, i
liâm-mi tō chai-iáⁿ ài án-choáⁿ chò, i su-iàu chit-ê píⁿ-píⁿ--ê chiòh-
thâu-phiáⁿ——kā chhì-tîn kì-hō͘-tńg, hō͘ in nńg-ê chū-iû. I khiā-
khí-lâi, sió-khóa kiaⁿ-kiaⁿ, liân-āu un-jiû sè-lī--ê tùi iûⁿ-bó pak-tó͘-
piⁿ chhơ-pê-pê ê mơ͘ hā-chhiú. Múi chit-chhok khiû-mơ, múi
chit-ê phah-kat; bî-bî-á, táuh-táuh-á, nāi-sim iōng chiòh-thâu-
phiáⁿ kì-kah i thiaⁿ-tiòh tîn-á phiák chit-ē tńg--khì ê siaⁿ. Thiⁿ-khì
khah koâ ⁿ, chhiú khah thiàⁿ, i iā kè-siòk kì, tùi kah chháu-chhì kiat
kui-oân ê mơ-chháu sī giú koh chhoah, tńg--khì ê chhì-tîn iā kah
sì-kè sī, i ê chhiú tī khong-tiong it-tit hiù, chhin-chhiūⁿ leh iōng
tîn-tiâu sut bû-hêng ê chông-kiàn-jîn, iûⁿ-bó hiông-hiông tèⁿ-lát
chông khí--lâi, kā sin-khu-téng siōng-bóe ê lah-sap-mih-á hiù-hō͘-
tiâu. I chiông sin-siōng ê soat, hiòh-á kah chiam-liuh-liuh ê chhiū-
bóe-ki lòng chùn-kah lī-lī-lī, oat thâu-tùi i iáⁿ-chit-ê, "meh" chit-
siaⁿ tō cháu khì--ah.

I ê chhiú bâ--khì koh kui-siang léng-ki-ki, i péh-khí--lâi khiā hō͘
chāi, kìm-khùi kim-kim-siòng péh-soat-soat ê hng-jiah, soat-phiáⁿ
ê iûⁿ-kûn jiàt-liàt hoan-gêng iûⁿ-bó tńg--lâi. I chù-ì tiòh lit-thâu
lòh-soaⁿ chhit-chhái ê thiⁿ-sek, tiām-tiām chhāi tī hia kúi hun-
cheng, choân-sim-sîn kám-siū chit-ê bí-hó ê hông-hun, liân-āu oat
tńg--khì chhōe i ê chhia. Hiān-chhú-sî ê i kan-na ē-sái kā i tâm-lok-
lok koh ơ-sô-sô ê gōa-thò kah ê-á khǹg-tī āu-chō. I chiūⁿ-chhia,
koaiⁿ-mn̂g, só-sî chhah lòh--khì, sio-khì chhun-kah siōng sio. I hoat-
kak i tng-chiàⁿ leh ka-lún-sún, sûi-tiòh chhia-lāi hoán-sio khí--lâi,

chhiú kah kha ê chéng-thâu-á nā-ū chiam leh ūi, iûⁿ-kûn í-keng cháu-hn̄g-hn̄g khì-kàu ko-soaⁿ ô· piⁿ, kah soat-kéng iûⁿ chò-hóe--ah. I koh chit-piàn siūⁿ-khí e-chái-á ê tāi-chì, hoat-têng lāi-té ê chêng-hêng, hoat-koaⁿ chit-ê lâng chē tī sím-phòaⁿ-sèk, kî-thaⁿ ê hoat-bū jîn-oân chhut-chhut-jip-jip, múi chit-ê lâng lóng bô-êng chhì-chhák leh chhú-lí tiōng-iàu ê tāi-chì. Goân-lâi chit-ê lâng ê chûn-chāi kèng-jiân ē khan-liân chiah-nī chē lâng, éng-hióng chiah-nī chē ê tāi-chì.

I kā chhia-á sái tò-tńg-khì bé-lō·, kè-siòk chiūⁿ-lō· beh lâi tńg, beh lâi tńg--khì chhù--lih phàu chit-poe sio-tê, oaⁿ chit-siang un-loán ê boèh-á.

.

Acknowledgements

Contrary to popular belief, writing is a collaborative process, and this project has been more intensively collaborative than most. First and foremost, we want to thank our fabulous team of writers and translators—Kiú-kiong, Elissa Hunter-Dorans, Naomi Sím, Lisa MacDonald, and Shengchi Hsu—for patiently going through so many drafts of the stories. None of us on the project spoke all four languages, and so we relied on each other's help in the long process of drafting and redrafting, editing and re-editing.

This project wouldn't have got off the ground without the support of the Scottish Government's Scottish Connections Fund. We're very grateful not just for the funding which made this project possible, but for the enthusiasm of the Scottish Connections team as the project has grown and developed. Our particular thanks go to Nathalie Cortada and Evangelia Nakou.

Audio production for this project was by Wind&Bones, with the help of a grant from Creative Scotland. We are very grateful for the support to make the stories available in audio format in all four langauges. For audio versions, you can scan the QR code at the beginning of the book.

Typesetting a book in four languages, with two different scripts, and a subset of tricky diacritics, has been something of a challenge. The final manuscript is typeset in a combination of POJ Garamond, for English, Gaelic and Romanisation, and Lan Yangming 蘭陽明, for Han characters. Typesetting and cover design are all done in-house by Wind&Bones Books. In the final stages, we had a helping hand from Alasdair MacCaluim, to whom we are grateful for picking up a few last-minute glitches.

Our early supporters come from all over the globe, and we're grateful to you all: Joshua & Giang Hoang-Wilkes; Ku Yen Wei; Kristianne Leclair; Joanna Dare; Alison Buckingham; Bil King; Teresa Wallace; John Costello; Henry Wetz; Paul Forrester; Paul McGuire; Jordan Womersley; Michelle Kuo and Albert Wu; Phoebe; 李盈儒; Alex Uihong Un (溫偉閎 / Un Úi-hông); Ông Ėk-khái (王奕凱); Christine Stevens; Harriet Abbott; Andrew Haughton; Heather Huntley; Liāu Êng-Ka; Hou Chiaheng (侯咖享); 時澄 Sî têng; Pao Hsuan Huang; Khu Ûi-siông; Reza Kheirkhah; Lydia Harris; Chia-Ling Chang; Kí Phín-tsì; Horng Ling San; Catriona MacIsaac; Yi-Ming Lin; Anissa Clendinen; Anna Kristina Wand; Ben Stevens; Lîm Hiân-tông; and Thomas Nicholls.

Thank you everyone for believing in this project as much as we do!

About the Contributors

Naomi Sím (沈宛瑩) is a Taiwanese writer with a background in communication design. She is a two-time recipient of the Tâi-gí Literature Award for short stories. Her work explores themes of identity and culture, and uses humour and satire to examine deeper societal issues.

Elissa Hunter-Dorans is a writer and artist from the Highlands, writing in Gaelic and English. She was the Scottish Poetry Library's first Next Generation Young Makar for Gaelic poetry, and she has performed at the Dandelion Festival, StAnza, and The Edinburgh Fringe. Elissa was recently awarded the Julia Budenz Commemorative Prize for Gaelic poetry. She is president of Edinburgh University's Folk and Traditional Music Society, where she is currently studying History of Art, and has a fascination with religious and folk visual culture.

Kiú-kiong (玖芎) is author of the essay collection *I Buried Myself under the Earth* (我把自己埋進土裡), and in 2023 was writer-in-residence at the Taiwan Literature Base. She has an MA from the Graduate Institute of Taiwan Literature and Transnational Cultural Studies at National Chung Hsing University. Her primary writing language is Tâi-gí. She believes that one's mother tongue is not only the voice of one's mother, but is also the voice of one's homeland.

Lisa MacDonald (Lisa NicDhòmhnaill) is an educator and a writer. She is also a parent, a singer and a PhD student. She lives in a small, rural community in the Highlands of Scotland, where the beauty of the landscapes belies centuries of social upheaval. Her deep investment in place and community takes many forms, and she draws strength from connections and shared concern. Her poetry, short stories and essays have been widely published, and her work has been recognised with awards and prizes. Her collection *Mnathan na Còigich | The Women of Coigach* was published in 2022, and one of the poems was selected to feature among the Best Scottish Poems by the Scottish Poetry Library.

Shengchi Hsu (許勝吉) is an English-Chinese translator. After over two decades living and working in the UK, he now lives and teaches in Taichung, Taiwan. His translations cover prose and poetry, including "A Daughter" by Lin You-hsuan, "Violet" by Hsu Yu-cheng, "Cage" by Qiu Miao-jin, and eight classical Taiwanese Han poems in the *PN Review*.

Hannah Stevens (溫婷誼) is a writer from the UK, currently based in Taiwan. She is co-director of Wind&Bones Books. Hannah has a PhD in creative writing from the University of Leicester, and her first short story collection, *In their Absence* was published in 2021. She is currently working on her next collection, *On the Bodies of Strangers*, for which she was shortlisted for the W&A Working Class Writers' Prize 2022. Hannah has been writer in residence at the Sofia Literature and Translation House, Bulgaria, and also at the Taiwan Literature Base.

Will Buckingham (白忠修) is a writer, philosopher and translator from the UK, currently based in Taiwan. Along with Hannah Stevens, he co-directs Wind&Bones Books. Will has a PhD in philosophy, and he writes fiction, nonfiction and for children. His most recent book is *Hello, Stranger: How We Find Connection in a Divided World* (Granta 2022), which was a BBC Radio4 Book of the Week. He, too, has been writer in residence at the Sofia Literature and Translation House in Bulgaria, and at the Taiwan Literature Base.

About
Wind&Bones Books

Wind&Bones Books is a nonprofit publisher of fiction, nonfiction and translation. We are based in Scotland, but we have a global vision. In addition to publishing books, we run projects exploring writing, storytelling and philosophy for social change.

www.windandbones.com
contact@windandbones.com

WIND&BONES

www.ingramcontent.com/pod-product-compliance
Lightning Source LLC
LaVergne TN
LVHW050403180625
814020LV00002B/34